KB158256

언저리 프로젝트Vol.2

무경계

한 기 중
인피니티루프

손 정 우
꽃밭에서

이 아 영
검은 봉지

민 병 우
그럴싸한 이야기

김 형 준
대리기사 김여사

안싸

저리프로젝트

Vol.02
무경계

스토리

일러두기

언저리 프로젝트 의 특성상 작가의 창작의도에 따라 규법 표기를 따르지 않은

표현, 비속어가 일부 있습니다.

프롤로그

맘모스랑 암모나이트를 구워 먹고 호랑이가 전자담배를 피우던 시절의 이야기다. 한때 영화산업 종사자들을 대상으로 <충무로 파워 50인> 같은 설문 조사를 하면, 항상 순위권에 들던 영화 제작자께서 영화인(감독)들과 문학인(소설가)들의 만남이라는 이벤트를 기획한 적이 있었다.

일부 영화산업 종사자들은 그때의 만남이 혜성 충돌급 대사건이 되리라 예측했었지만, 항상 술이 들 깨(덜 깨) 있는 '충무로 들개'들과 문단의 '주사파'들의 만남은 '시작은 창대하지만, 그 끝은 항상 미미한' 해프닝으로 끝났었다. 술값을 기회비용으로 인정한다면 그때의 대형 이벤트는 엄청난 진행비를 들여 술꾼들의 술판만 만들어주고 끝난 셈이었다.

워낙 오래전 이야기라 그 당시 술자리에서 있었던 내용이 모두 기억나지는 않지만 지금 두어 가지 떠오르는 에피소

드를 나열하자면 다음과 같다.

문학과 영화의 만남이라는 대사건(?)에 흥분했던 필자는 <술고래>라는 제목으로 국내에 소개된, 미키 루크와 페이 더너웨이가 주연하고 바벳 슈로더가 감독을 한 1987년 영화 <바플라이(Barfly)>의 시나리오를 집필하고 평생 술에 절어 노숙자처럼 살았던 찰스 부코스키가 쓴 시 <케이지 안을 배회하다>의 다음 구절이 김수영 시인의 '왜 나는 조그마한 일에만 분개하는가'라고 쓴 <어느 날 고궁을 나오면서>와 정확히 일치하는 정서라고 떠들어댔다.

사람들은 참 이상해, 사소한 일에는 늘

발끈하면서

정작

삶을 낭비하는

큰 문제는

잘 모르니

말이지…

–'케이지 안을 배회하다' 중에서

또한, 오늘의 만남을 계기로 우리도 문학과 영화의 경계를 넘나드는 엄청난 띵작('명작'의 '명'에 모양이 비슷한 글자인 '띵'을 넣어 만든 신조어)들이 나오지 않겠느냐고 침을 튀겨가며 열변을 토했었다.

하지만 주변 사람들에게 당시 '이 병×' 취급을 받았었다. 안주를 추가로 주문하던 선배가 당시 유행어 '여기 병신 (하나) 추가요'라는 요즘 같으면 아주 언PC한 발언으로 좌중을 폭소의 도가니로 만들기도 했다. 나중에 들었는데 사실 그들은 술자리만 아니었다면 참석하지 않았을 자리였고, 문학인과 영화인의 만남이 그리 성공적이지 않을 것이라 예상했다고 한다. 그 이유로 든 비유가 굉장히 이해하기 쉽고 직관적이었다.

"같은 구기종목이라 해도 족구를 잘한다고 축구도 잘하는 것은 아니다."

"같은 육상선수라도 멀리 뛰기 선수가 높이뛰기를 잘하는 건 아니다."

"빨리 걷기 경보와 마라톤이 다르고 단거리와 장거리가 다른데 텍스트라는 도구로 소설을 쓰는 것과 영화의 설계도면이라 할 수 있는 시나리오를 작업하는 것이 어떻게 같을 수 있겠냐? 문학과 영화라는 매체는 달라도 너무 다르다."

이러한 이쑤시개(요지)의 발언이 쏟아지면서 기승전'술'로 끝나는 자리가 계속 이어졌었다. 3차, 4차, 영구차까지 달리면서 필름이 끊기는 경험을 하고 난 후 필자는 남들이 안 하면 나라도 시도해보자는 결심을 했었다. 그 시도가 이 책으로 20여 년이 지난 지금에서야 뒤늦게 이뤄졌다.

이렇게라도 20년 전 꿈꿨던 경계를 허무는 무경계 콘텐츠 제작을 작게나마 시도해볼 수 있게 된 지금, 너무나 감개가 무량해 두 눈에서 키보드 위로 떨어지는 눈물방울로 타자를 치며 지금 독자 여러분이 보는 프롤로그를 작성했다. ㅠㅠ(감동의 눈물)

이번 언저리 프로젝트의 키워드를 '무경계'로 잡고, 장르와 소재의 구분 없이 자유롭게 합류할 작가들을 찾다 보니 영화감독, 문창과 출신의 시나리오 작가, 그리고 희곡(戱曲)으로 석사학위까지 받은 작가 등이 한자리에 모이게 됐다. 얼핏 보면 일정한 톤 앤드 매너가 없이 너무나 자유분방한 글(을 써 줄 사람)들을 한곳에 모아놓은 것 같다. 그래도 이들이 만들어 낸 사전 시각화를 위한 글과 문학적 장점의 스토리텔링이 자유롭게 종횡무진해 재미를 전달해 준 것 같아 기획자로서는 매우 흥미롭고 즐거운 과정이었다.

작품 중에는 시나리오의 전 단계인 시놉시스와 트리트먼트 형식의 세태풍자 콩트도 있고 트리트먼트와 시나리오 간의 경계를 오가는 형태의 판타지물도 있다. 또한, 이와 대비되는 깨끔한 단편소설처럼 문학적 장점이 느껴지는 작품도 있고 우리나라 최초의 소설이라는 김시습의 <금오신화>가 연상되는 SF 판타지물도 보인다. 이 모든 것이 한자리에 모이기도 쉽지 않은데 이러한 작업을 가능케 해준 김경섭 본부장에게 이 자리를 빌려 존경의 마음을 담아 고맙다는 말씀을 올린다. m(_"_)m 꾸버덕!

챗GPT(ChatGPT)니 빙(Bing)이니 바드(Bard)니 인공지능이 화제인 요즘 시대에 올드한 매체라 할 수 있는 소설과 영화의 경계를 넘나드는 실험이 무슨 의미를 갖는 것일지 아직은 잘 모르겠다. 그러나 몇 년 전 알파고가 이세돌 9단을 이기고 난 후, 한 기자가 바둑학과 학생에게 던졌던 "이제 바둑의 시대는 끝난 것인가?"라는 우문에 "알파고는 바둑 두는 즐거움을 모르잖아요"라는 학생의 현답처럼 스토리 콘텐츠를 창작하고 그 결과물을 같이 누리는 기쁨과 즐거움을 함께 공유할 기회가 계속 이어졌으면 하는 바람이다.

-편의점 도시락만 먹는 MC편도준
또는 1분에14타 씀.

무경계

인피니티 티 루프

본 작품은 영화 시나리오를 소설 형태로 정리한 것으로 원본의 느낌을 최대한 살리는 방향으로 편집하였습니다.

—— 1 ——

칠흑같이 어두운 밤이었다. 터널 안에 구형 산타페 한 대가 벽에 처박혀 있었다. 활짝 열린 조수석 문으로 심장박동 같은 경고음이 들려오고 있었다. 찌그러진 자동차 보닛 위로 불길한 느낌을 주며 검은색 까마귀 한 마리가 내려앉았다.

에어백에 얼굴을 파묻고 있는 진하가 흘리는 핏물이 조수석 바닥의 테디베어의 얼굴 위로 떨어지고 있었다. 테디베어가 노려보고 있는 대시보드에 조그마한 가족 사진액자가 붙어 있었다. 규모가 작은 놀이공원의 회전목마를 배경으로 커다란 곰 인형 테디베어와 함께 한별과 아내 민정이 환한 미소를 짓고 있는 사진이었다.

멀리서 나지막한 사이렌 소리와 함께 어디선가 한별의 목소리가 들려왔다.

"아빠! 엄마랑 놀이공원 가서 사진 찍었어. 이게 아빠야…. 가슴에 아빠라고 붙였어. 아빠는 항상 바쁘니까 테디하고 찍었어…. 이 사진 보면서 항상 우리 생각해야 해."

주황색 아궁이 같은 터널 입구 쪽으로 경광등을 번쩍이며 경찰차가 달리고 있었다. 뒤이어 '삐-' 하는 이명과 함께 까마득하게 의사의 목소리가 들려오기 시작했다.

"쇼크…. 개량…. 에어웨이…. 킵…. 코마…. 50밀리 투약하고."

의식이 점점 희미해지면서 불규칙하게 호흡하던 진하는 겨우 입술을 달싹이며 한별의 이름을 불러보았다.

"한별아…."

2

"에이 시-발 짜증 나. 그래서 못 온다는 거야?"

여성은 마치 혼잣말로 욕하는 것처럼 보였지만 이어폰으로 통화하고 있었다. 상대방에게 엄청난 짜증을 느끼는 상황인 것 같았다. 길거리에서 행인들에게 전단지를 나누어 주던 외계인 인형이 욕설을 퍼붓고 있는 여성에게 다가가 전단지를 들이밀며 상냥한 목소리로 인사를 건넸다. 아마도 두꺼운 인형 탈 때문에 여자가 통화하고 있다는 것은 전혀 알지 못했던 것 같았다.

"샬롬, 행복하세요?"
"나는 행복하니까 너나 행복하세요."

여자는 통화하고 있는데 치근대는 외계인 인형이 성가셨다. 매몰차게 말하며 사납게 전단지를 밀어냈다. 그 충격으로 외계인 인형이 들고 있던 전단지가 뭉치 채로 땅에 떨어졌고 이내 한 장, 두 장, 허공에 날리기 시작했다.

바람에 날리는 전단지를 잠시 바라보던 외계인 인형이 서둘러 수습하려 했지만, 갑자기 불어온 강한 바람에 전단지 수십 장이 순식간에 날리기 시작했다. 이미 늦어버린 상황에서 외계인 인형은 날려 올라가는 전단지를 멍하니 바라보기만 할 뿐이었다. 그리고는 여자를 노려봤다.

그러나 여자는 전혀 주눅 들지 않았다. 통화하던 이어폰을 귀에서 빼 케이스에 집어넣으면서 '어쩔 건데?'라는 표정으로 외계인 인형을 똑바로 바라봤다. 검고 커다란 외계인 인형의 텅 빈 눈동자는 어떤 감정인지 알 수가 없었다.

"행복하다고…? 네가 행복해?"

외계인 인형은 여자에게 천천히 다가가며 어금니를 꽉 깨문 목소리로 말했다. 그 와중에 외계인 인형이 다리가 꼬여 넘어질 뻔하며 손이 여자의 가슴에 닿았다.

　　"이런 시발 놈이! 어딜 만져? X새끼야."

　　여자는 냅다 외계인 인형의 사타구니를 걷어차 버렸다.

　　"헉!"

　　외계인 인형이 짧고 강하게 숨이 멎는 소리를 내며 허리를 숙이자마자 여자는 그 순간 뺨을 갈겼다. 여자는 격투기 선수라도 되는 양 두 가지 동작이 거의 한순간에 이루어졌다. 외계인 인형은 순식간에 나가떨어졌다. 여자는 틈을 주지 않고 곧바로 달려가 외계인 인형의 얼굴에 사커킥을 연속으로 날리기 시작했다.
　　푹신한 재질의 외계인 인형 탈은 얼굴을 감싸고 몸을 움츠렸다. 그건 아파서라기보다는 본능적인 자기 보호의 자세인 듯했다. 아이러니하게도 그 모습이 오히려 귀여워 보였다. 이를 본 다른 외계인 인형이 다가와 여자를 말렸고 그제야 여자는 화가 좀 풀린 듯 자리를 떴다. 쓰러진 외계인은 자신을 도와준 인형의 손을 잡고 일어나며 말했다.

"엄마, 저 언니는 우리가 구원해 줘야 하는 거지?"

아무 대꾸 없이 바라보는 또 다른 외계인 인형의 얼굴 위로 종이 한 장이 날려 와 붙었다. 외계인 인형들이 나눠주던 전단지였다. 전단지에는 뱀이 자기 꼬리를 물고 있는 우로보로스가 그려져 있었고 다음과 같은 문구가 적혀 있었다.

이제 곧 때가 옵니다. 우리가 새로운 세상을 만듭니다.
동참하실 분을 찾습니다.

3

진하의 언론사 사무실 '탐사인' 앞이 부산스러웠다. 양복 입은 사내들이 검찰 마크가 그려진 압수품을 담은 상자를 분주히 들고 내려오고 있었다.

-끼이익.

진하의 구형 산타페가 급히 멈춰 섰다. 차를 아무렇게나 주차한 진하는 급하게 2층에 있는 사무실을 향해 계단을 뛰어 올라갔다.

사무실은 이미 엉망진창이었다. 직원들은 다들 한자리에 모여 앉아 검사들의 압수수색을 무기력하게 바라보고 있었다.

"국장님!"

진하를 보자 양 팀장이 기다렸다는 듯이 달려와 반겼다. 양 팀장에게 가볍게 손으로 인사를 한 진하는 이내 박 검사에게 가 그의 손을 거칠게 잡고 자신의 방으로 데려갔다. 진하는 박 검사를 향해 거칠게 쏘아붙였다.

"너 정말 이럴 거야?"

"그러니까 연예인들 뒷조사나 하면서 먹고 사시지 왜 자꾸 오바를 합니까? 정부가 사람들을 속이고 사실을 은폐하고 있다는 것이 사실인가요? 증거 있어요?"

"난 진실을 원해⋯. 팩트랑 진실은 달라."

박 검사는 길게 이야기하고 싶지 않다는 듯이 진하를 밀치고 나가며 말했다.

"확실한 증거를 가지고 오거나 증인을 데리고 오세요."

-쿵!

이때, 사무실의 커다란 유리창에 무언가 날아와 부딪혔다.

"악!"

박 검사는 본능적으로 고개를 감싸며 주저앉았다. 커다란 까마귀가 유리창에 부딪히고는 날개를 퍼덕거리며 진하와

박 검사를 노려보고 있었다. 박 검사와 진하는 어이가 없어 까마귀를 멍하고 바라보았다. 까마귀는 이내 정신이 돌아온 듯 다시 날아올라 사라졌다.

"별 X 같은 까마귀 새끼가 다 있네…, 씨."

일어나던 박 검사가 바닥에 떨어져 있는 진하의 가족사진 액자를 발견하고 집어 들었다. 한별과 엄마, 그리고 테디베어가 놀이공원에서 찍은 사진이었다.

"그러잖아도 코로나 때문에 다들 바이러스라면 치를 떠는 데 왜 선동 기사를 써서 사람들 불안하게 해요? 무슨 조류독감이 사람들에게 전염이 된다는 겁니까? 지금 위에서 여기 탈탈 털어버리라고 난리가 났어요."

박 검사는 액자를 잠시 바라보다가 진하의 책상 위에 잘 올려놓으며 말했다.

"형! 괜히 혼자만 사명감 있는 것처럼 설치지 말고 그냥 적당히, 적당히 살아요. 애 약값도 없는 주제에 뭘 어쩌겠다고 그러는 거예요? 애를 낳았으면 책임을 져야지… 낳지를 말던가…."
"한별이 얘기하지 마!"

한별이 얘기에 갑자기 흥분한 진하가 그나마 남아 있는 책상 위의 서류들을 모조리 쓸어 버렸다.

"그거 알아? 형은 자기밖에 모르는 에고이스트야…. 몬스터!"

그 모습을 바라보던 박 검사는 몬스터라는 말을 유난히 강조하며 방문을 닫고 나가버렸다.

진하는 극심한 두통을 느꼈다. 잠시 관자놀이를 주무르던 진하는 주머니에서 약병을 꺼내 알약을 손바닥에 털어 입 안에 구겨 넣었다. 이때 택배 상자를 든 양 팀장이 노크도 없이 문을 열고 들어왔다.

"국장님 괜찮으세요? 저 자식 해병대 후배 맞아요?"

이때 사무실 한쪽의 TV 뉴스에서는 조류독감이 심각하게 퍼지고 있다는 뉴스가 흘러나오고 있었다. 굴착기로 닭들을 마구 파묻는 장면이 흘러나왔다.

"메르스 때도 코로나 때도 뭉그적거리다가 골든 타임 다 놓쳤던 것들이 왜 저렇게 갑자기 착한 어린이들이 됐을까?"

TV를 한참 바라보던 양 팀장이 의심스럽다는 표정으로

말했다. 진하도 말없이 뉴스를 진지하게 바라봤다.

"참! 이거요. 폭탄인지 몰라요. 발신자 없이 퀵으로 왔어요."

양 팀장은 진하를 위로하려는 듯 애써 썰렁한 농담을 섞으며 책상 위에 작은 택배 상자를 놓고 나갔다. 상자에는 '한진하'라고만 적혀 있었다.

고개를 갸웃하며 포장을 뜯자 상자 안에는 뱀이 자기 꼬리를 물고 있는 형상인 우로보로스가 프린트된 머그잔이 들어 있었다. 그 머그잔 안에는 쪽지가 하나 있었다.

증거자료가 있어요. 우로보로스로 와요. –나비–

진하는 심각한 표정으로 그 머그잔을 한동안 유심히 바라보다가 휴대전화를 꺼내 사진을 찍었다.

4

공장단지는 을씨년스러운 모습이었다. 해가 지고 어둠이 막 찾아오는 시점이라 사람의 인기척은 없었다. 전봇대 옆에는 하루치의 쓰레기봉투가 어른 키보다 높게 쌓여 있었다.

-끼이이이익!

구형 코란도가 멈춰 섰다. 오래된 차여서 그런지 브레이크 패드 소리가 유난히 컸다. 급정지한 코란도는 잠시 좌우로 흔들리더니 이내 뒷문이 열리며 두 눈을 부릅뜬 여자의 얼굴이 살짝 삐져나왔다.

눈가의 피어싱이 인상적인 변사체의 얼굴은 지하철역에서 외계인 인형에게 발길질했던 여자라는 걸 단박에 알 수 있었다. 이내 방제복과 방독면을 쓴 사내들이 차에서 내려 여자를 쓰레기 봉투 더미 안으로 밀어 넣고 쓰레기봉투를 쌓아 덮었다. 그리고는 아무 일 없었다는 듯이 차에 타고 떠났다. 쓰레기봉투 더미 사이로 살짝 삐져나온 여자의 얼굴은 온통 물집으로 가득했다.

—— 5 ——

"어서 와."

무균실에서 한별을 진료하던 강 교수는 방제복과 방독면 등을 착용하고 들어오는 진하를 보고 반겼다.

"어때? 우리 한별이."

간신히 숨을 몰아쉬고 있는 한별이가 아빠를 발견하고 힘없이 웃는다. 진하는 그런 한별이를 안타깝게 바라봤다.

강 교수의 방으로 안내된 진하는 초췌한 모습으로 의자

에 앉았다. 진하는 피로에 찌든 얼굴로 머리가 아픈지 미간을 문지르다가 약병을 꺼내서 알약을 대충 두어 개 삼켰다. 강 교수가 차를 담은 머그잔을 진하에게 건네며 말했다.

"제수씨는…? 아직도 기도원?"
"몰라…. 이제 전화도 안 받아."

두 사람은 말없이 차를 한 모금씩 마셨다. 둘 다 변함없는 상황에 대해 지쳐 있는 것처럼 보였다. 강 교수가 조심스럽게 말을 뱉었다.

"그때 이야기한 신약. 생각해 봤나?"

진하는 아무 말도 하지 않았다.

"너무 걱정하지 마. 너 감기약이 왜 싼 줄 알아? 감기로 죽는 사람이 한 해 50만 명이야. 솔직히 핵무기보다도 더 무섭지. 근데 감기 환자는 많잖아. 돈이 되거든."
"그게 말이 돼? 우린 이렇게 고통스러운데 돈 때문에 약을 안 만들어? 시발, 다 되갚아주고 싶다."
"…이제 루푸스도 환자가 늘어나서 신약이 많이 개발되고 있어. 아직 임상 단계라 부작용이 있긴 하지만 많이 안정화된 거 같다. 한번 해보자. 웬만한 건 다 시도해봤잖아."

"…그래 해보자고. 단 1%의 가능성이라도 있다면…."

진하는 결심한 듯 말을 했지만 명쾌하진 않았다. 어린 한별에게 임상실험을 한다는 게 썩 내키는 일은 아니었다. 두통에 시달리던 진하는 다시 머리가 아파오는지 약병에서 알약을 대충 몇 개 꺼내 입안으로 털어 넣었다. 강 교수는 진하를 위로하려는 듯 어깨에 손을 올리고 가볍게 두드렸다. 그리고 진하의 손에 들려있는 약병을 바라보며 말했다.

"자이프렉사 릴리레프…. 너 환각증세는 없냐? 이거 많이 복용하면 위험하다고. 현실인지 꿈인지 헷갈리고 구분도 안 된다."

진하는 강 교수의 말을 귓등으로도 듣지 않으며 머리를 뒤로 젖힌 채 눈을 감고 있었다. 강 교수는 그런 진하를 안쓰럽게 바라봤다. 이때 강 교수를 호출하는 문자메시지가 왔다.

"차 한 잔 마시고 있어. 오래 안 걸릴 거야."

쇼파에 편안하게 누워있던 진하는 강 교수가 문을 닫고 나가는 소리가 꿈결처럼 들려왔다.

산속의 병원은 새로 지어진 듯한 시설과 규모를 자랑했다. 그리고 그 깔끔함은 마치 산의 공기처럼 상쾌했다. 잘 꾸며진 병원의 옥상 정원에 아이들 몇 명이 뛰어다니고 있었다. 화단에는 봄꽃이 피어 있었고 수많은 나비가 날아다니고 있었다. 나비를 잡으려고 이리저리 뛰어다니는 아이들 사이로 화단 한 편에 홀로 쪼그려 앉아 아카시아잎을 하나씩 따고 있는 한별이가 보였다.

"죽는다…. 안 죽는다…. 죽는다…. 안 죽는다…."

한별이는 아카시아잎을 한 장씩 따며 자신의 운명 점을 치고 있었다. 한별이의 무릎에는 테디베어가 소중하게 놓여 있었다.

-따르르르릉.

휴대전화 벨 소리가 울렸다. 진하는 수신자를 확인했다. 아내 민정이었다.

"기도가 뭐가 그렇게 중요해? 기도만 한다고 애가 나을 리가 없잖아."

진하는 화를 억누르려 했지만 말투가 속내를 그대로 표현하고 있었다.

"당신은 믿음이 부족해. 오직 순수한 믿음만이 한별이를 고칠 수 있어. 우린 이 시험을 이겨내야 해. 당신도 여기 와서 기도해야 해."

전화기 너머 민정의 목소리는 단호했다. 진하는 일말의 여지도 없는 민정과 대화를 이어가며 싸우고 싶지 않았다.

"한별이도 여기 데리고 와서 기도할 거야. 당신도 같이 오면 좋겠어."

"무슨 말도 안 되는 소리를 해! 면역력이 없어서 누워만 있는 애를 어디로 데려간다는 거야!"

결국 진하는 인내심을 지키지 못하고 폭발했고 소리를 질렀다.

"넌 항상 그런 식이야."

-뚝!

민정은 냉정한 한 마디와 함께 전화를 끊어버렸다. 진하는 머리를 감싸 쥐었다. 항상 이 모양이었다. 좀 더 관계를 개선하려고 매번 노력했지만, 끝은 항상 똑같았다. 진하는 한숨이 저절로 새어 나왔다. 또다시 두통이 밀려왔다.

-따르르르릉 따르르르릉.

다시 전화벨 소리가 울렸다. 진하는 아내 민정이라 생각해서 전화를 받지 않았다.

-따르르르릉 따르르르릉.

계속해서 울려대는 전화벨 소리에 진하는 힘없이 휴대전화를 들어 발신자를 확인했다. 발신자는 '나비'였다. 자신에게 소포를 보내고 바이러스에 대해 사건을 제보하겠다고 약속한 제보자였다. 진하는 재빨리 전화를 받았다.

"바이러스에 감염된 시체가 계속 나올 겁니다. H5N1의 변종입니다. 그 변종 바이러스를 만들어 퍼뜨리는 사람들이 있어요."

"일단 만나서 이야기하시죠."

진하는 오랜만에 기자로서의 감각을 되찾았다. 특종의 감을 느꼈고, 이번 제보가 자기 인생에서 가장 중요한 순간이 될 것 같았다.

"…소포 받았죠? 거기서 봐요. 10시."

7

안산 중앙역 상가 거리.

밤이 깊어지면서 인근 대학교의 학생들과 공장단지에서

일하는 사람들이 술에 취해 거리를 채웠다. 그들은 서로 다른 이야기를 나누며 이곳에서만 느낄 수 있는 특별한 분위기를 만들어 내고 있었다. 외국인 노동자의 모습도 여기저기 많이 눈에 띄었다.

전철역에서 나와 계단을 내려온 진하는 잠시 멈춰 서서 비가 안개처럼 부슬부슬 내리고 있는 거리와 하늘을 잠시 바라보았다. 우산은 없었지만 더 많이 내릴 것 같지 않았고 그냥 맞을 만한 비라는 생각이 들었다. 이내 휴대전화를 보며 방향을 확인하고 걸음을 옮겼다.

밤이 되어 인적이 드문 공장단지의 좁은 골목에 네온으로 'CLUP OUROBOROS'라고 쓰인 작은 간판이 보였다. 간판의 중앙에는 뱀이 자기 꼬리를 무는 '우로보로스' 문양도 그려져 있었다. 의외의 장소에 있는 것이 왠지 단골들만 찾을 것 같은 뉘앙스의 카페였고 이국적인 느낌도 났으며 나름 오랜 역사가 있어 보였다. 안개비가 내리고 있어서 분위기는 마치 뉴올리언스 한 모퉁이의 재즈바를 연상시키는 분위기였다. 재즈를 좋아했던 진하와 아내 민정은 신혼여행을 뉴올리언스로 갔었다.

진하는 간판 아래에 서서 감회에 찬 듯 깜빡거리는 간판을 한참 올려다보았다. 지하 계단의 벽은 연극, 콘서트 등 이런저런 낡은 포스터로 가득했다. 이곳이 꽤 오랜 역사를 가지고 있다는 것을 누구라도 알 수 있었다. 이내 지하로 내려가는 진하 옆으로 포스터의 글귀가 눈에 띄었다.

이제 곧 때가 옵니다. 우리가 새로운 세상을 만듭니다.

동참하실 분을 찾습니다.

　진하가 클럽의 문을 열고 들어가자 좁고 초라한 출입문과 달리 꽤 넓은 실내가 보였다. 무대에서는 남자 가수가 로이 오비슨의 '인 드림즈(IN DREAMS)'를 부르고 있었다.

"I close my eyes then I drift away into magic night⋯."

　남자는 복고풍 양복에 복고풍 레이밴 선글라스를 낀 채 깁슨 기타를 치면서 노래를 부르고 있었다. 엘비스 프레슬리를 코스프레한 거 같았는데 신기할 정도로 닮아 있었다. 주로 정장을 입은 사람들은 듬성듬성 앉아서 노래를 흥얼거리거나 서로의 일행들과 잡담 중이었다. 손님의 반 이상이 외국인이었다. 흡연이 허용되는 곳인지 곳곳의 테이블에서 신기하게도 시가를 피우는 사람들이 대부분이었다. 자욱한 시가 연기가 내부를 꽉 채운 가게 안은 아주 오래된 재즈바를 연상시켰다. 진하는 바 테이블의 가장자리에 자리를 잡았다.

　"한진하 님이시죠? 만나기로 한 분이 잠시만 기다려 달라고 했습니다. ⋯ 여기 처음이시면 이걸 권해드립니다. 심신 안정에 도움이 될 겁니다."

턱시도를 입은 바텐더가 진하에게 스테인리스 재질의 사각 접시에 담긴 시가를 하나 권했다. 진하는 정확히 기억이 나지는 않지만 언젠가 미국에 다녀온 누군가로부터 시가바에 대해 이야기를 들었던 기억이 났다. 이곳이 그런 시가바인 듯했다.

바텐더는 자기 자리로 돌아갔고 진하는 옆에 놓인 지포라이터로 시가에 불을 붙였다. 기분 좋은 향이 금세 진하의 얼굴을 감싸고 올라왔다. 진하는 잠시 향에 집중하며 깊은 심호흡을 해봤다. 심신이 안정되는 느낌이 들었다.

진하는 왠지 오래전 이곳에 와 본 것 같다는 기시감이 강하게 들었다.

'이게 데자뷔라는 건가?'

모든 게 낯설지가 않았다. 바의 안쪽 한 곳에는 아주 오래된 흑백 브라운관 텔레비전이 있었다. 마침 흘러나오는 뉴스는 볼륨을 줄여놔서 소리가 들리지 않았지만 수많은 닭이 산 채로 구덩이에 생매장되는 장면 아래 '[긴급 속보] 조류 독감, 급속도로 확산 중'이라는 자막이 흐르고 있었다. 진하는 갑자기 생각난 듯, 지갑을 꺼내 안에 들어 있는 한별이의 사진을 꺼냈다.

"자가면역질환, 루푸스, 자신의 몸을 외부의 침략자로 생각하고 자기 자신을 공격한다."

한참 동안 사진을 바라보며 혼잣말을 하던 진하는 머리가 아픈지 주머니에서 약병을 찾아 대충 알약을 입 안에 털어 넣었다.

-딩동.

이때 휴대전화의 문자메시지 알림음이 들렸다.

고객님의 대출 금액과 이자가 입금되지 않고 있습니다.
이른 시일 안으로 입금 부탁드립니다

"시발… 왜 나만 이렇게 힘든 거야… 세상 모두에게 똑같이 고통을 느끼게 해주고 싶다."

진하는 시가를 한 모금 더 빨았다. 연기를 깊게 들이마신 탓에 금세 머리가 '핑' 돌면서 나른해졌다. 진하는 힘겨운지 고개를 숙이고 손으로 눈과 이마를 비비며 자기도 모르게 가슴에 있는 말을 뱉어냈다. 그것은 마치 결핵환자가 밤새 폐에 고인 피를 뱉어내는 것처럼 응어리진 느낌이었다.

이때 선글라스를 쓰고, 검은색의 짧은 원피스 정장차림의 승연이 카페 안으로 들어왔다. 가슴골이 깊게 파인 드레스와 빨간 립스틱을 바른 입술이 유난히 눈에 들어왔다. 관능적이지만 천박하지 않은 모습이었다.

승연은 실내를 한 번 쓱 둘러보고 진하가 있는 테이블을 향해 걸음을 옮겼다. 바텐더와는 가볍게 눈인사를 나누고 진하 옆에 앉았다. 앉자마자 가지고 온 서류 봉투를 진하 앞에 가볍게 던지고 담배를 하나 꺼내 불을 붙였다.

"설마…. 너… 승연?"

너무 놀란 진하는 입을 다물지 못한 채 자리에서 벌떡 일어나 승연을 뚫어지게 바라봤다. 도저히 믿을 수가 없었다. 앞에 있는 이 여자가 자신의 첫사랑이라는 게 믿어지지 않았다.

대학 시절, 생명공학을 전공하고 있었던 그녀는 매우 성실하고 쾌활한 성격이었다. 진하와는 방송부 생활을 하면서 친하게 되었고 둘은 누가 봐도 어울리는 CC였었다. 그녀는 상당히 진보적이었고 유전자 편집에 대한 관심이 매우 많았다. 그녀와 같은 생각을 공유하는 해외의 멤버들과 함께 정보를 나누며 긴밀히 소통하고 있었다. 그들은 유전자 편집의 민주화를 주장하며 스스로를 바이오 해커들이라고 불렀다. 그녀는 어떤 일부 세력이 인구수를 조절하려 유전자 변형을 시도할 것이라는 주장을 했었다.

진하에게는 이해하기가 어려운 분야였기에 그러한 승연의 주장을 그저 음모론이라고 치부했었다. 그래서 간혹 다투기도 했었다.

그러다가 4학년이 되던 해 어느 날, 승연이 갑자기 연기처럼 흔적도 없이 사라져버렸던 것이었다.

"오랜만이지?"

승연은 너무도 담담한 표정으로 말을 받았다. 마치 어제도 진하를 만났던 사람처럼 행동했다.

"말도 안 돼!"

승연이 첫사랑이었던 진하는 그녀가 거짓말처럼 사라져 버린 그 상황을 받아들일 수가 없었다. 아무도 그녀의 행방을 몰랐고 모두가 죽었다고만 생각했다. 그런데 마치 어디 여행이라도 잠시 다녀온 사람처럼 태연하게 진하 앞에 다시 나타난 것이다.

"15년 2개월 16일 9시간 6분 37초, 38초…."

그녀는 손목시계를 보면서 말했다. 그녀는 세련된 복장과는 달리 아주 오래된 카시오 전자시계 초기 모델을 차고 있었다. 둘이 벼룩시장에 가서 골랐던 그 시계였다. 시계의 화면은 스톱워치로 설정되어 있었다. 아마도 자신이 진하에게서 사라진 시간부터 시간을 재고 있었던 것 같았다.

"정말 승연이 맞아? 너 근데 왜 그대로야?"
"어차피 말해도 못 믿을 거야. 시간 없어. 열어 봐."

진하는 아직도 넋이 나간 표정이었지만 일단 봉투를 열어 내용물을 살폈다. USB 메모리와 문서들, 그리고 사진들이 들어 있었다. 진하는 그중에서 눈에 띄는 죽은 여자의 얼굴이 찍혀있는 사진 한 장을 자세히 들여다봤다. 여자의 얼굴에는 물집이 가득했다.

"H5N1…. 알지? 흔히들 신종플루라고 부르는 인플루엔자 A 바이러스 서브 타입. 역대 최고의 역병이라고 불리는 1918년 스페인 돼지독감도 H5N1의 변종이야. 그게 사람에게 전염되지 않았는데 1997년에 홍콩에 변종이 나타나 인수공통감염으로 사람들도 감염됐고 2009년엔 1만 4천 명이 죽었어. 아직도 백신도 치료제도 없어. 일단 감염되면 태워버리거나 묻어버리거나 하는 수밖엔 없어. 누가 그걸 만들어서 뿌리고 있다고. 여기저기 시체가 발견되고 있어."

승연이 가리킨 TV의 뉴스 화면에선 굴착기로 구덩이를 파 수많은 닭이 생매장되고 있는 화면이 나오고 있었다.

"누가 왜? 그런 짓을 하는 거지? 그리고 넌 이걸 어떻게 아는 거고?"

진하는 갑자기 약 기운 탓인지 아니면 오랜만에 피운 담배 때문인지 정신이 몽롱해졌다. 이때 검은 정장 차림의 두 사내가 카페 안으로 들어와 진하와 승연을 바라봤다. 바텐더는 두 사내를 발견하고 급히 바 테이블을 두드리며 승연에게 알렸다.

"만약 이게 에어로졸 형태로 변종이 된다면 심각해…. 코로나하고는 비교도 안 돼. 엄청난 재앙이 될 거야. 인구의 반은 죽을지도 몰라."

진하는 점점 더 정신이 몽롱해지고 눈앞이 흐려져 왔다. 승연은 그런 진하를 흔들어 정신을 차리게 하려고 했지만, 진하는 점점 더 몸이 쳐지기 시작했다. 자료들을 봉투 안에 서둘러 담으며 진하의 가방에 넣던 승연은 진하의 약병을 발견했다. 어둠 속에서 지켜보고 있던 정장 사내 둘은 서서히 진하와 승연 쪽으로 움직이기 시작했다. 승연은 정장 사내들을 의식하며 진하를 더욱 세차게 흔들었다.

"진하 씨, 자이프렉사 릴리레프…. 이거 계속 먹어? 진하 씨가 보는 대부분은 환각일 수도 있어. 검지를 뒤로 꺾어 봐…. 손가락이 뒤로 꺾어지면 꿈이고 그렇지 않으면 현실이야."

비텐더는 승연 쪽으로 태연한 척 다가왔다. 그리고 낮은 목소리로 강하게 소리쳤다

"빨리 뒷문으로 나가요!"

몽롱한 진하는 손가락을 뒤로 꺾으려 했다. 그때 승연이 급하게 손가락을 잡았다. 그리고는 서둘러 화장실로 향했다. 승연의 뒤를 쫓던 정장 사내 둘은 별 수 없이 여자 화장실 문 앞에서 멈췄다. 잠시 시간이 흐른 후 승연이 나오지 않자 검은 정장 사내들은 여자 화장실의 문을 거칠게 박차고 들어갔지 만 화장실 안에는 아무도 없었다.

—— **8** ——

진하의 작고 오래된 아파트에는 경매 딱지가 붙은 가구 들이 눈에 띄었다. 늦은 아침 햇볕이 얼굴에 닿자 마치 전원이 들어온 것처럼 진하는 살며시 눈을 떴다. 숙취에 머리가 아픈 듯 미간을 찡그리다가 겨우 몸을 챙기며 일어난 진하는 아직 술이 덜 깬 듯 정신이 맑지 않았고 어제 승연을 만났다는 것 이 마치 꿈처럼 여겨졌다. 진하는 머릿속이 좀 맑아질까 싶어 화장실로 들어가 찬물로 얼굴을 씻었다.

"꿈을 꾼 건가?"

꿈이라고 하기엔 너무도 선명한 기억이었다. 진하는 거 울에 비친 자신의 얼굴을 바라봤다. 진하 자신이 보기에도 너무도 피곤함에 찌든 모습이었다. 진하는 자신이 피곤한 얼굴을 씻어내고 싶은 건지, 아니면 정신을 차리려는 것인지 모르겠지만, 몇 차례 얼굴을 힘차게 씻었다. 그리고 거울을 다시 확인해보는 순간 '헉!' 하고 외마디 비명을 질렀다. 거울에는 웬 단발머리의 남자가 진하를 바라보고 있었다. 진하는 허둥대며 선반을 열어 약병을 찾았다. 떨리는 손으로 약병을 겨우 잡아 허겁지겁 뚜껑 안을 열어봤지만 약병이 모두 비어 있었다. 갑자기 '에에엥–' 하는 경보 사이렌 소리가 머릿속에서 울려대며 이명이 들려왔다. 진하는 욕실에서 뛰쳐나와 자신의 옷을 찾았다. 진하의 시각으로 천장이 빙글빙글 돌았다. 이명은 점점 커졌다. 진하는 널브러져 있는 상의에서 약통을 꺼내 알약을 입안으로 마구 털어 넣었다. 약 기운이 돌기 시작하자 주변이 조용해지며 사이렌 소리가 사라졌다. '털썩' 주저앉으며 진하는 맥없이 바닥에 쓰러졌다.

9

-띠띠릿 떳띠 띠띠릿 떳띠…. 안녕하세요. 오늘도 즐거운 하루를 책임지는 케이입니다.

오래된 카세트 라디오에서 트로트 같기도 하고 라틴음악 같기도 한 신나는 음악이 흘러나오고 있었고 진행자의 흥에 겨운 경쾌한 멘트가 이어졌다. 창고 한쪽에서는 라디오를 듣고 있던 미스터 김이 무언가 작업을 하고 있었다. 꽤나 오래전에 지어진 시골의 담배창고였다. 남자의 가지런한 단발머리가 유난히 눈에 띄었다. 남자 앞에는 보통 소화기 크기의 액화 질소라고 적혀 있는 통이 여러 개 놓여 있었다. 그중 하나를 집어든 미스터 김은 가스가 잘 나오는지 확인하며 호스를 점검하고 있었다. 그 옆에는 쥐덫에 갇혀있는 쥐 한 마리가 보였다. 미스터 김은 그 쥐를 향해 액화 질소를 쏘았다. 쥐는 금세 성애 같은 것에 휩싸여 하얗게 변하면서 얼음처럼 굳어갔다.

"낄낄낄."

미스터 김은 죽어가는 쥐를 바라보며 혼자서 웃음을 터뜨렸다.

"자, 오늘의 퀴즈가 나갑니다."

이때 라디오의 진행자의 멘트가 들리자 미스터 김이 갑자기 동작을 멈추고 라디오 소리에 집중했다.

"자! 잘 들으세요. 아침에는 세 발…, 점심에는 네 발…, 저녁에는 두 발인 것은?"

미스터 김은 미간을 찌푸리며 생각에 잠겼다.

"아, 벌써 연락이 닿았나요? 네, 전화 연결하겠습니다⋯. 여보세요? 네, 네⋯. 정답 말씀해주시죠."

미스터 김은 답을 생각하며 집중했다. 자신이 먼저 정답을 말하고 싶은 마음이 컸지만, 답변은 잘 떠오르지 않았고 미간은 점점 더 찡그려졌다. 이때 '벌컥' 하고 문이 열렸다. 미스터 김은 너무도 집중했던 탓에 문이 열리는 소리에 놀라 들고 있던 통을 놓치고 말았다. 호스는 '쉬익쉬익' 소리를 내며 살아있는 뱀처럼 꿈틀거렸다. 미스터 김은 밸브를 잠갔다. 문을 열고 들어온 것은 20대 초반 여자와 10대 후반의 영철이었고 두 사람 다 인형 탈을 든 채 외계인 복장을 하고 있었다. 지하철역에서 전단지를 나누어 주던 사람들이었다.

"노크하라고 했지?"

미스터 김은 금방이라도 폭발할 듯한 감정을 겨우 참으며 말했다. 그러나 20대 초반의 여자는 그런 미스터 김의 반응에 전혀 아랑곳하지 않으며 한쪽에 놓인 의자에 다리를 꼬고 앉으며 미스터 김을 향해 말했다.

"서울에다 하나 더 버리고 왔어. 황 장로 시발 그 새끼 순 사기꾼 아냐? 전혀 전염도 안 되는 것 같던데⋯."
"조용히 해!"

미스터 김은 다짜고짜 소리를 질렀다.

"네, 정답입니다. 상품으로 테디베어를 보내드리겠습니다."

라디오 진행자의 멘트가 들렸다. 어수선한 와중에 정답을 듣지 못하게 된 미스터 김은 화가 나는지 액화 질소 통 하나를 집어 들어 창문으로 던졌다.
- 와장창.
큰 소리를 내며 깨진 유리창을 바라보던 젊은 여자는 짜증난다는 얼굴로 태연하게 귀를 후볐지만 10대 후반으로 보이는 앳된 얼굴의 영철은 몸을 잔뜩 움츠리며 겁을 집어 먹은 표정이었다.

"답을 못 들었잖아!"

그래도 분이 안 풀리는지 미스터 김은 질소 통 하나를 냅다 발로 차 버렸다. 젊은 여자, 실장은 그러거나 말거나 미스터 김의 책상에 놓여있는 서류들을 살펴보고 있었다. 그중 한 장을 집어 들어 유심히 바라보고는 말했다.

"박민정…? 우리 신도네?"

영철은 겁먹은 얼굴로 바닥에 뒹굴던 질소 통을 주워 와 다시 제자리에 세워 놓았다.

"에이씨, 정답이 뭐지?"

미스터 김은 여전히 정답이 궁금해서 미치겠다는 듯이 씩씩거리며 혼자 중얼거렸다.

10

따스한 햇볕이 벽에 걸린 사진에 닿기 시작했다. 사진은 대한민국 기자상을 받는 진하의 모습이었다. 정리가 되지 않은 사무실의 테이블 위에는 승연에게서 받은 서류 봉투와 그 내용물로 보이는 연구시설 관련 자료, 오래된 1970년도판 지도 등이 놓여 있었다. 외계인 인형들이 돌리던 전단지, 시체의 사진, 감염된 부위 등의 사진들도 보였다.

"이게 사실이라면 매우 심각한데…."

진하는 매우 심각하게 자료를 살피고 있었고 양 팀장은 그런 진하를 가만히 쳐다보다가 차분하게 말을 꺼냈다.

"15년 전 첫사랑이 나타나서 이야기해줬다고요? 그리고 또 갑자기 사라져버렸고?"

"응…."

"요즘도 잠 못 자죠? 귀에서 사이렌 소리도 들리고…."

"진짜라니까…."

"아니 무슨 뜬금없이 인구의 절반이 죽어요. 그걸 누가 믿어요."

"…일단 알아보자."

양 팀장은 단호한 진하의 눈빛에 말려서 그만둘 일이 아니라는 걸 직감했다. 진하를 보며 할 수 없다는 듯한 표정을 지으며 어깨를 한 번 으쓱이고 밖으로 나갔다. 진하는 자료를 다시 살펴보다가 수많은 사진과 기사자료들로 빼곡히 스크랩된 한쪽 벽면으로 다가갔다.

-따르르르릉.

진하의 휴대전화 벨이 울렸다. 발신자는 강 교수였다. 평소 침착한 성격과는 다르게 다급하게 말했다.

"진하야 빨리 와야겠다. 제수씨가 와서 한별이를 데리고 갔다. 기도원으로 데리고 간다고 했다는 것 같단다. 경찰들이 와서 엄마가 찾는다고 하니 간호사들도 어쩔 수 없이 보냈다고 하더라. 어찌 된 거냐?"

"경찰들이?"

진하는 경찰이라는 말에 매우 당황스러웠다.

11

일본식 건물 앞에는 담쟁이넝쿨이 온통 덮여 있었다. 미스터 김은 건물을 향해 다가가며 비릿한 미소를 지었다. 그는 망설임 없이 문을 열고 안으로 들어갔다. 건물 내부의 복도는 바닥이 반질반질 윤이 날 정도로 잘 관리되어 있었다. 미스터 김은 복도 끝에 있는 문 앞에 서서 노크했다. 그는 대답을 기다리지 않고 문을 힘차게 밀었다.

방 가운데 오래되고 단정한 나무 책상 위에는 성경책 한 권과 청진기가, 벽에는 여러 종류의 샘플 병이 놓여 있었다. 한쪽 책상에서 현미경으로 무언가를 살펴보고 있는 황 장로는 미스터 김을 보고 반겼다. 도포를 걸친 황 장로의 긴 머리카락은 바람에 흩날렸다. 그의 수염은 흰색으로 물들어 있었고, 얼굴에는 도인의 풍채가 묻어났다.

"어서 오게."

황 장로는 주머니에서 인공후두기를 꺼내 목에 대고 말했다. 성대를 울려 앵앵거리는 목소리가 어딘지 모깃소리 같아 우스꽝스러운 느낌이 들었다.

"언제쯤 끝이 나?"

미스터 김은 퉁명스럽고 불만이 섞인 목소리로 대뜸 물

었다.

"금방 끝날 거야. 지금까지는 기침이나 재채기를 할 때 나오는 비말로 인한 감염이 아니라서 안전했어. 하지만 이제 H5N1과 H1N1이 합성되어 크기도 줄었고 완전히 포유동물에게도 감염이 되는 형태로 변했어."

"간만에 맘에 드는 소식이네."

"운이 좋았어. 신도 중에 루푸스에 걸린 아이 엄마가 있다니. 루푸스 때문에 면역이 없는 아이라면 바이러스에 아주 민감하게 반응할 거야. 그 아이를 숙주로 써서 퍼트리면 돼. 후후후, 약속한 대로 자넨 독을 갖고 나는 돈을 갖고…."

황 장로는 흡족한 얼굴로 만족감을 표시했다. 미스터 김은 그런 황 장로를 바라보며 비릿하게 웃으며 혼잣말로 중얼거리기 시작했다.

12

진하는 어두운 산속을 향해 차를 몰았다. 2차선 도로는 한산했고, 그의 차 외에 다른 차량은 보이지 않았다. 초조한 표정으로 운전하고 있던 진하는 휴대전화 화면을 터치해서 연락처를 검색했다. 연락처 목록 중 '내 사랑 민정'이 보였다. 진하는 이내 터치해서 통화를 시도했다.

-지금은 전화를 받을 수 없으니 삐- 소리가 나면 메시지를 남겨주세요.

계속해서 신호가 갔지만, 민정은 전화를 받지 않았다.

"씨! 도대체 왜 안 받는 거야!"

진하는 운전대를 홱 내리쳤다. 그의 얼굴은 신경질이 난 듯 찌푸렸다. 그러던 중 갑자기 떠오른 생각에 그는 다시 전화기를 잡았다. 신호가 가고 장모가 전화를 받았다.

"한 서방."

"장모님…. 한별이 엄마가 다니는 기도원이 어디였죠?"

"사곡이라고 했던 것 같던데…. 갑자기 왜?"

"사곡이요?"

"갑자기 왜 그래? 무슨 일 있나?"

"아…. 아닙니다. 그냥 좀…. 알아볼 게 있어서요. 다시 연락드릴게요."

"…자네 괜찮지? 별일 없지?"

"그럼요. 다시 전화 드릴게요."

진하는 두통이 찾아오는 것 같았다. 그는 인상을 쓰고 약을 삼켰다. 운전대를 잡은 진하의 손은 떨리고 있었다. 휴게소 간판이 희미하게 보였다. 진하는 불빛을 따라 차를 휴게소로 향했다. 이때 '콰르르르릉' 하고 천둥소리를 내며 휴대전화가 울렸다. 이 천둥 벨 소리는 양 팀장 전용이었다. 양 팀장이 전화를 꼭 받으라며 직접 등록해준 벨소리였다.

"여보세요? 어디세요?"

진하는 주변을 둘러보았다. 눈에 보이는 휴게소 건물의 상단에 '청풍휴게소'라는 글자가 보였다.

"지금 청풍. 잠깐 지방에 가고 있어."

"이거 미국에서 겨우 구한 자료인데. 국장님이 준 거랑 똑같네요. 보니까 지명이나 년도 같은 게 적혀 있고 나머지는 다 블록 처리가 되어있네요. 제가 알아낸 거로는 일본군 731부대가 사곡에 실험실을 세웠는데, 전쟁 끝나고도 미군이 몰래 계속 운영했다는 건데… 그러다가 어느 날 갑자기 자료도 다 없애고 문도 닫아버렸대요."

"블록 처리?"

"근데 거기가 수몰됐어요. 겨우 찾은 자료들은 1970년 이전 것들이에요. 잠깐만요, 청풍이라고요? 청풍이면 옛날 이름이 사곡인데? 수몰되면서 행정상 이름이 청풍으로 바뀐 거로 나와 있는데… 벌써 현장에 가신 거예요?"

"뭐? 청풍이 사곡이라고? 수몰됐다고…? 그래 알았어. 나중에 다시 전화할게."

진하는 전화를 끊고 주변의 풍경을 훑었다. 휴게소 건물에 청풍휴게소라고 적혀 있었다. 그러나 사람은 한 명도 보이지 않았다. 영업을 안 하는 듯한 한적한 국도의 휴게소가 을씨년스럽게 느껴졌다. 주차장엔 진하의 차만 서 있었다. 다시 차에 올라타 내비게이션의 지도를 들여다봤다. 그리고는 '청풍'이라는 지명을 검색해 보았다. 그러나 어떻게 된 일인지 지도에 표시되지 않았고 길도 보이지 않았다. 잠시 고민하던 진하는 '사곡'이라는 지명을 검색해봤다. 그랬더니 내비게이션이 길을 나타내며 안내해주었다. 사곡은 불과 5킬로미터 떨어진 가까운 곳이었다. 잠시 고민하던 진하는 이내 차를 몰고 출발했다.

"완성된 약이 아니어서 부작용이 걱정이야. 만약 열이 오르고 발작하게 되면 적어도 6시간 안에는 병원으로 데리고 와야 해. 그 시간을 넘기면 발작이나 쇼크 등이 올 거고 매우 위험해. 빨리 찾아서 데려오는 게 좋아."

강 교수가 걱정스럽게 말했던 것이 떠올랐다. 진하는 머리가 지끈거리는 듯 미간을 찌푸렸다.

13

내가 곧 너희고 너희가 곧 내가 될 것이다.

벽에 걸려 있는 커다란 액자의 성경 문구가 보였다. 미스터 김은 거울을 보며 선글라스를 쓰고 만족한 듯 웃었다. 캐비닛을 열자 제복 같은 의상과 옷가지들이 걸려 있었다. 제복의 상의를 꺼내어 몸에 대고 거울을 바라봤다. 만족스러운 듯 웃음을 터뜨리며 혼잣말을 하기 시작했다.

"세상 모두에게 그 고통을 똑같이 느끼게 해줄 거야."

제복을 단정하게 입은 미스터 김은 밖으로 나왔다. 그는 하얀색 할리데이비슨이 주차된 곳으로 걸어갔다. 아주 오래전에 경찰들이 타던 모델이었다. 바지에는 링을 끼웠는지 걸을 때마다 '철렁철렁'하는 소리가 났다. 자세히 보면 경찰은 아니고 옛날 해병대 복장을 기본으로 해서 뒤섞어 만든 듯한 의상이었다. 할리데이비슨은 무척이나 요란하게 개조되어 있었다. 얼핏 보면 옛날 경찰이 타던 것 같았지만 경광등이 그보다 더 많이 달린, 좀 요란하게 생긴 그런 모습이었다.

"낄낄낄. 자 이제 오만한 새끼를 잡으러 갈까?"

미스터 김은 말린 버섯을 입 안에 털어 넣으면서 혼잣말을 했다. 헬멧을 쓰고 가죽 장갑과 장화를 착용한 미스터 김이 선글라스까지 끼니 강한 포스가 물씬 풍겼다.
-부다다다다당 부다다다다당.

미스터 김의 할리데이비슨은 그 특유의 엔진 소리를 내며 시동이 걸렸다. 미스터 김의 등에 '보안'이라는 빨간 글자가 눈에 띄었지만 이내 어둠 속으로 사라져 보이지 않았다.

— **14** —

진하의 차가 꼬불꼬불한 2차선 국도로 진입했다. 산속이어서 그런지 금세 칠흑같이 어두워졌다. 도로를 오가는 차량은 없었다. 한쪽에는 커다란 저수지가 펼쳐져 있었고 안개가 짙게 깔려있었다. 진하는 불안감에 내비게이션 화면을 수시로 체크해 가며 운전하고 있었다. 그러다가 갑자기 내비게이션 화면의 모든 길이 사라지고 그저 진하의 차만 허공을 홀로 달리고 있는 것처럼 보였다.

-끼익!

불안한 마음에 진하는 차를 도로변에 세웠다. 그리고는 내비게이션을 다시 조작하여 '사곡'을 입력했지만, 여전히 화면에는 아무것도 나타나지 않았다. '청풍'을 검색했지만 마찬가지였다. 진하는 휴대전화를 꺼내 내비게이션 앱을 켜봤다. 그러나 휴대전화의 내비게이션 앱도 마찬가지로 길은 나타나지 않았고 진하의 차만 표시되었다. 휴대전화 화면에는 이내 '통화권 이탈'이라는 메시지가 떴다.

진하는 차에서 내렸다. 그리고 주위를 살펴보았다. 주변은 온통 산으로 둘러싸여 있었고 안개가 자욱하게 깔려 시야를 확보해주지 못했다. 진하의 머리 위로 검은 구름이 비정상적으로 빠르게 흐르며 더욱더 짙은 어둠이 내렸다. 칠흑 같은 어둠 속에서 유일한 빛은 자동차 헤드라이트뿐이었다. 진하는 마치 안개 속에 갇혀버린 느낌이 들었다.

진하는 다시 자동차에 올라타 출발했다. 낯선 상황에 불안감이 엄습해왔고 긴장이 되었다. 한참을 달린 것 같은데 도로표지판은 나타나지 않았다. 진하는 수시로 차량 거치대에 놓인 휴대전화의 통화버튼을 눌러 봤지만 액정에는 '통화권 이탈'이라는 표시만 떴다.

진하는 오가는 차도 없고 꼬불꼬불하게 커브가 많은 도로가 신경 쓰여 상향등을 켰다. 그러자 멀리 희미하게 표지판이 보였다. 진하는 반가운 마음에 가까이 다가가 차를 세웠다.

진하는 차에서 내려 표지판을 유심히 살폈다. 표지판에는 'CAMP SNAKE'라는 글자와 두 마리의 뱀이 서로를 휘감으며 올라가는 죽음의 신 헤르메스의 지팡이, 카두세우스 등이 그려져 있었다. 매우 오래되어 색깔이 희미했지만, 누가 봐도 미군 부대의 마크라는 생각이 들었다.

"미군 부대가 있나?"

진하는 이것이 미 육군 의무대의 상징이라고 확실히 기억하고 있었다. 죽음의 상징인 '헤르메스의 지팡이'가 왜 뱀이 지팡이를 감으며 올라가는 형태의 의술의 신 '아스클레피우스'의 지팡이를 대체하여 사용되고 있는지 매우 아이러니하다며 열변을 토했던 강 교수의 이야기를 똑똑히 기억하고 있었다. 미군의 영향을 받아서인지 한국의 의사협회도 카두세우스를 협회의 마크로 사용하고 있다는 걸 취재 중에 알게 되었다. 의사협회가 죽음을 의미하는 상징을 협회 마크로 사용한다는 것은 정말 난센스라고 생각되었었던 기억이 났다.

진하는 담배를 하나 입에 물고 불을 붙였다. 그리고 아주 깊게 들이마셨다. 이것은 진하가 심각한 상황에 처할 때마다 쓰는 본인의 루틴이었다. 진하가 오랫동안 기자 생활을 하면서 나름대로 터득한 자신만의 방법이었고 항상 큰 도움이 되었다.

"한진하…. 침착해."

진하는 자신이 미로 속에 갇힌 듯한 느낌을 받았다. 가능하면 모든 것을 천천히 생각하고 행동해야겠다고 마음먹었다. 천천히 주변을 둘러보았다. 'CAMP SNAKE' 표지판 바로 뒤로 직진표지판이 하나 더 붙어 있었다. 부대의 위치를 안내하는 표시판인 듯했다. 캠프의 표지판에 가려서 보이지 않던 것이다. 진하는 자동차의 헤드라이트가 비추는 쪽을 유심히 바라봤지만 어둡고 안개가 짙었기에 시야는 몇 미터도 되지 않았다. 그러나 이것만으로 뭔가 수수께끼의 단서를 찾은 기분이었다. 진하는 한 모금 깊게 들이마신 담배를 아무렇게

나 던지고 차를 출발했다.

　차를 운전해 불과 몇백 미터나 갔을까? 얼마 가지 않아 정면에 'CAMP SNAKE'의 표지판이 다시 보였다. 길은 두 갈래로 갈라져 있었다. 진하는 차를 천천히 세웠다. 그리고는 잠시 망설였다.

　"양 갈림길?"

　진하는 표지판을 따라 직진하려고 했지만, 갑자기 두 갈래로 갈라진 길이 나타나서 당황했다. 하지만 오래 망설이지 않고 왼쪽 길로 방향을 잡았다. 그리고는 다시 차를 출발시켰다. 근거가 있는 말인지는 모르겠지만, 미로에서 길을 찾아 나가는 방법이 양 갈림길이 나타나면 무조건 왼쪽으로 가라는 말을 어디선가 들은 생각이 났다. 그렇게 왼쪽 길로 한참을 달렸다. 흐릿한 시야가 잘 안 보였지만 뭔가 낯익은 느낌이 들었다. 전에 이곳을 본 적이 있는 것 같았다. 진하의 눈에 다시 'CAMP SNAKE' 표지판이 보였다, 진하는 아까 본 것과 똑같은 표지판이어서 '더 가까이 왔나?'라고 생각했다. 하지만 뭔가 조금 이상한 느낌이 들어서 다시 차를 세웠다. 아무리 봐도 아까와 같은 곳인 듯한 느낌이 들었다.

　"어떻게 된 거지?"

뭔가 이상하다는 생각이 들었다. 차 문을 열고 내리자마자 눈에 들어온 것은 담배꽁초였다. 아직 꺼지지 않고 희미하게 타고 있었다. 진하는 믿을 수 없는 듯 놀라서 담배꽁초를 집어 들었다. 자신이 피고 버린 것이 분명했다. 마치 귀신의 소행처럼 느껴졌다. 분명히 자기가 피고 던진 담배꽁초였다. 정말 귀신에 홀린 것 같은 생각이 들었다.

"도대체 뭐지?"

잠깐 망설였다가 진하는 곧 차를 출발시켰다. 조금 가다 보니 양 갈림길이 나왔다. 진하가 이번엔 오른쪽 길로 향했다. 얼마나 시간이 흘렀을까? 앞쪽으로 다시 'CAMP SNAKE' 표지판이 보였다. 또 같은 장소에 돌아와 있었다. 진하는 양 갈래길에서 이번엔 다시 왼쪽 길로 차를 몰았다. 결국 똑같은 상황이 반복되었다. 제자리로 돌아왔다. 진하는 도대체 이해되지 않는 상황에 난감했다.

-에에에에엥.

이때 사이렌 소리가 들려왔다. 멀리서 요란한 경광등과 함께 할리데이비슨이 나타났다. 진하는 경찰일 거라는 생각에 길을 막고 양팔을 저으며 정지신호를 보냈다. 할리데이비슨은 진하와 사이를 두고 멈췄다. 그 오토바이를 세우고 진하에게 천천히 다가오는 남자는 미스터 김이었다. 그는 진하 앞에 서서 선글라스를 벗지도 않은 채로 투박하게 말했다.

"뭐야? 어디 가는데?"

진하는 당연히 경찰인 줄 알았는데 경찰인 것 같기도 하고 아닌 것 같기도 한 남자의 정체를 궁금해했다. 처음 보는 사람에게 대뜸 반말투로 말하는 미스터 김이 분명 군인 출신이나 경찰 출신일 것이라고 진하는 생각했다. 미스터 김은 그런 진하의 표정이나 감정은 신경 쓰지 않는 듯 차 안을 여기저기 훑어봤다. 진하는 상당히 불쾌했지만, 자신의 상황이 이것저것 가릴 처지가 아니라는 건 잘 알고 있었다.

"전 기잡니다. 길을 잃은 것 같아요. 여기가 어딘지 모르겠어요…. 아이 때문에 급히 사곡에 가야 합니다."

미스터 김이 갑자기 동작을 멈추고 진하를 쳐다봤다.

"전 기잔데요…. 아이가 아파서…."

진하는 목에 채워져 있는 기자증을 밖으로 꺼내 미스터 김에게 보여주며 말했다.

"뭔 소리야? 기자라면서 갑자기 아이 이야기는 왜 하는 거지? 애 때문이야? 일 때문이야?"

미스터 김은 매우 짜증이 난다는 듯이 화난 말투로 반문했다. 진하는 갑자기 할 말을 잃고 버벅거렸다. 그의 말이 틀리지 않았기 때문에 더욱 그런 것 같았다.

"에? 그, 그게…."
"이 시발놈아. 난 여기가 어딘 줄 알 것 같아?"
"예? 그게… 여길 지나가고 계시기에… 아니 근데 왜 욕을… 하십니까?"

갑자기 튀어나오는 욕에 당황한 진하는 더욱 멘붕 상태가 되었다. 화가 난 미스터 김은 아무 말 없이 자신의 오토바이로 돌아가서 오토바이 양옆에 붙어 있는 커다란 박스 중 하나를 열었다. 거기에는 액화 질소 통이 있었고 호스가 가지런히 잘 말려있었다. 미스터 김은 호스의 끝을 잡고 밸브를 열어 보았다.

-쉬익 쉬익.

액화 질소가 가득 찬 탱크에서 힘찬 소리가 터져나왔다. 미스터 김은 만족스러운 미소를 짓고 호스를 끌면서 진하의 차로 걸어갔다. 도착하자마자 진하에게 차에 타라고 수신호를 보냈다. 진하는 미스터 김의 거칠고 위압적인 행동에 어쩔 수 없이 엉겁결에 운전석에 앉았다. 미스터 김은 여유 있는 동작으로 호스를 차의 창문에 걸쳐놓으며 말했다.

"너도 여기 지나가고 있잖아."

틀린 말이 아니었다. 진하는 뭔가 말이 안 되는데 틀린 말을 하지 않는 이 사람이 두려웠다. 그동안 자신이 만나왔던 사람들과는 뭔가 다른 패턴이었다. 일단 보통은 자신이 기자라는 걸 밝히는 순간부터 묘한 상하관계가 형성되고 이후부터는 주도권을 쥐게 되는 경우가 많았다. 사실 이건 인간사회의 법칙에 가까웠다. 사회적으로 강하거나 센 사람은 그 이름표만으로 자연스럽게 수직적 관계로 변형이 일어나며 계급이 생겨나는 것이다. 진하는 기자 생활을 해오면서 그걸 많이 느꼈고 그게 자신도 모르게 몸에 배어 있었다. 그런데 이 사람은 그런 법칙에서 벗어난 사람 같았다. 그는 언어의 본질에만 충실한 듯 언어를 받아들였다. 그는 언어의 법칙이라는 것을 거부하는 사람 같았다. 미스터 김은 액화 질소 통의 밸브를 더욱 세차게 열면서 말했다.

"그거 알아? 너는 너만 생각해! 너 같이 이기적인 새끼들은 다 뒈져야 해···. 준비됐지?"
"왜 이러세요? 원하는 게 뭡니까?"

진하는 상대가 무식하고 거칠면 오히려 최대한 예의를 갖춘 모습으로 상대하는 것이 또한 방법이라는 걸 잘 알고 있었다.

"원하는 게 뭡니까아?"

"내가 원하는 걸 다 들어줄 수 있어? 좋아, 수수께끼 하나 맞춰 봐. 아침에는 세 발, 점심엔, 네 발, 저녁에는 두 발로 걷는 것은?"

"예?"

"맞추면 나도 길을 알려줄게."

"…사, 사람요."

진하는 엉겁결에 대답을 했지만, 이런 어처구니없는 상황에서 순순히 대답하는 자신의 행동도 어이없고 웃기긴 마찬가지라는 생각이 들었다.

"열 받게 하지 말고 잘 들어. 사람은 아침에 네 발, 점심에 두 발, 저녁에 세 발이지! 그게 아니고 아침에 세 발, 점심에 네 발, 저녁에는 두 발로 걷는 것은?"

'아! 다른 거였구나.'

진하는 정말 필사적으로 머리를 쥐어 짜내며 생각했다. 진하는 언제부터인가 이미 미스터 김의 페이스에 말려 있었다. 왜 수수께끼를 맞춰야 하는지 같은 의문은 자연스럽게 사라지고 없었다.

"모…, 모르겠습니다…. 다른 문제를…."

미스터 김은 이런 진하를 보며 살짝 미소 짓다가 느긋하게 호스 밸브를 서서히 잠갔다.

"오만한 새끼… 넌 그냥 죽으면 안 될 것 같다. 운 좋은 줄 알아, 크크크. 직진해서 쭉 가면 터널이 나와. 터널 지나서 다시 빠져나가."

미스터 김은 액화 질소 통을 끌고 뒤로 걸어가다가 몸을 돌려 진하를 손가락질하며 말했다.

"보이는 것이 다 진실이라고 믿지 마…. 하하하."

-부다다다다.
미스터 김의 할리데이비슨은 낮고 힘찬 소리를 내며 시동이 걸렸고 이내 갈림길 사이 정중앙으로 사라졌다.

"휴-."

그 모습을 본 진하는 그제야 긴장이 풀렸다. 깊은 안도의 한숨이 새어 나왔다. 진하는 급히 차에서 내려 미스터 김이 사라진 앞쪽을 바라보았다.
'어라? 분명 양 갈림길이었는데?'
진하는 미스터 김이 사라진 갈림길을 바라보았다. 그 사이에 희미하게 길이 드러났다. 군부대 표지판이 정중앙에 있어서 당연히 길이 없을 거라고 생각했었다. 진하는 차에 올라타 서둘러 미스터 김이 사라진 방향으로 달리기 시작했다.

15

불빛은 하나도 없었고 안개는 자욱했다. 길이 잘 보이지 않아 운전하는 손에 땀이 찼다. 진하는 자신이 있는 곳이 혹시 블랙홀이 아닐까 하는 생각도 들었다. 그저 검은 공간에 떠 있는 것 같았다. 얼마나 달렸을까? 저 멀리 주황색 불빛이 희미하게 보였다. 터널이었다는 것을 알아차리고 좀 더 가까이 다가갔다. 캄캄한 어둠 속에만 있었던 진하에게는 그 불빛이 매우 반가웠고 안도의 느낌을 주었다.

진하는 낡고 오래된 터널로 들어섰다. 도로는 파손되고 먼지가 쌓여 있었다. 아무도 관리하지 않은 듯한 터널이었다. 아마도 오랫동안 사람들의 발길이 끊긴 것 같았다. 진하는 처음으로 이런 터널을 경험했기에 신기하고 호기심이 생겼다. 차의 속도를 줄이고 터널 안을 살펴보며 천천히 달렸다.

-빵 빵!

진하가 터널의 중간을 향해 달리고 있을 때, 뒤쪽에서 커다란 경적이 울려 퍼졌다. 진하가 뒤를 돌아보니 어둠 속에서 갑자기 나타난 낡은 코란도가 자신의 차에 바짝 붙어 있었다. 그리고는 곧바로 공격적으로 진하의 차를 앞질렀다. 앞으로 나서자마자 코란도는 속도를 줄이며 길을 가로막기 시작했다. 코란도는 진하의 움직임에 따라 속도를 조절하고 추월을 방해했다.

–빵 빵 빵!

진하는 화가 나서 클랙슨을 거칠게 울렸지만, 코란도는 전혀 신경 쓰지 않고 계속 길을 막았다. 진하는 속도를 올려서 어떻게든 옆으로 빠져나가려고 애썼지만 코란도는 고의로 차선을 바꿔서 방해했다. 진하는 코란도와 부딪칠 뻔한 위험한 상황에 브레이크를 세게 밟았고 겨우 충돌은 피했지만, 갑자기 분노가 치밀었다.

"이런 X새끼가!"

진하는 코란도가 또다시 길을 막자 왼쪽으로 속도를 올려 돌파하려 했다. 그러나 코란도는 오른쪽으로 급히 차선을 바꿔 앞을 가로막았다. 진하는 코란도를 따라가며 창문을 내리고 운전석을 들여다보려 했다. 그 순간, 운전하는 사람의 얼굴을 본 진하는 얼어붙은 듯 멈춰섰다. 진하는 충격에 핸들을 꺾었고 차는 터널의 벽에 부딪치며 공중으로 튀어올랐다.

–끼이이이이익!

진하는 본능적으로 브레이크를 밟았지만 차는 끔찍한 소리를 내며 회전하면서 미끄러졌다. 진하의 눈앞에는 모든 것이 시간이 정지되듯 느린 동영상처럼 흘렀다. 그리고는 정신이 아득해지면서 어두워졌다.

— **16** —

진하의 차는 사고로 인해 보닛에서 연기가 피어오르고 있었다. 조수석의 문은 벌어져 있고 운전석에는 진하가 의식을 잃고 핸들에 머리를 기대고 있다. 이때 어디선가 날아온 까마귀 한 마리가 보닛 위에 앉았다. 까마귀의 눈동자가 흐릿하게 보이는 순간, 진하의 정신이 번뜩 돌아왔다. 귀에는 '윙-' 하는 사이렌 소리와 함께 두통이 밀려왔다. 차 시동이 걸리지 않자 천천히 정신을 차린 진하는 차에서 내려 주위를 둘러보았다.

"아빠!"

이때 터널 중간에 있는 비상구 쪽에서 급하게 사라지는 누군가의 모습과 한별이의 외마디 외침이 들렸다.

"한별이? 이봐! 거기 서!"

진하는 급히 비상구로 향했다. 문을 열고 내려다보니 원형 철재 계단이 아래로 깊게 뻗어 있었다. 그 깊이는 한눈에 들어오지 않을 정도로 어둠 속으로 길게 이어져 있었다.

-쾅!

계단 아래의 문이 닫히는 소리가 들렸다. 진하는 서둘러 계단을 내려갔다. 바닥에 도착하고 문을 열자, 전혀 다른 세상이 펼쳐져 있었다. 주변은 철조망으로 둘러싸여 있었고, 시멘트 바닥은 갈라져 잡초가 돋아났다. 안개가 자욱해서 멀리는 보이지 않았지만, 이국적이고 인공적인 풍경이었다. 간판들은 모두 영어로 쓰여 있었고, 불은 어디에도 켜져 있지 않았다. 마치 미군 부대를 재현한 영화 세트장 같았다. 깨끗하고 잘 정돈된 듯했지만, 사람들은 모두 사라진 듯 정적이었다. 진하의 귀에는 항상 들리던 이명 같은 사이렌 소리가 울려 퍼졌다.

한쪽 코너를 돌아보니 작은 놀이공원이 보였다. 흔들목마나 회전목마 같은 간단한 놀이기구들이 있었지만 사람은 보이지 않았다. 흔들목마가 흔들리고 있었는데 마치 누군가 타고 있었던 것처럼 보였다. 조심스럽게 다가가 보니 정면에는 공장과 같은 건물이 보였고 정문에 'CAMP SNAKE' 표지판이 붙어 있었다. 사이렌 소리가 건물 안에서 울려 퍼졌다. 건물의 느낌으로 봐서는 매우 오래전에 지어진 건물이었고 그래서인지 어딘지 낯설고 그로테스크한 느낌을 주었다.

진하는 휴대전화를 꺼내 보았다. 배터리는 거의 남아 있지 않았고 신호는 잡히지 않았다. 진하는 조심스럽게 주변을 살펴보며 건물 안으로 들어갔다. 건물 안의 넓은 공간에는 무언가 식물을 건조시키는 듯한 냄새가 퍼져 있었다. 진하는 한 줌 들어서 냄새를 맡아보았다. 담배는 아니었고 대마가 아닌가 싶었다. 하지만 대마를 직접 본 적이 없으니 확신할 수 없었다.

한쪽으로 철제 계단이 보였고 그 위로 작은 사무실 공간이 있었다. 진하는 조심스럽게 사무실로 올라갔다. 문을 열어보니 실내는 잘 정돈되어 있었고 먼지는 쌓여 있지 않은 것 같았다. 잘 관리된 걸 봐서는 사람들만 그대로 사라져버린 듯했다.

-따르르르릉.

이때 정적을 깨고 오래된 전화기의 벨 소리가 울렸다. 진하는 갑작스럽게 울리는 전화벨 소리에 깜짝 놀랐지만 잠깐 망설이다가 조심스럽게 수화기를 들었다.

"빨리 밖으로 나가요!"

아내 민정의 다급한 목소리였다.

"여기까지 왜 온 거야? 빨리 돌아가요!"
"여보세요? 여보세요! 민정아!"

진하도 다급하게 아내를 불렀지만 이내 끊어져 버리고 말았다. 이때 수화기를 놓쳤고, 수화기가 떨어지면서 아래 차단기 스위치 박스에 부딪혀 스위치를 작동시켰다. 그러자 '에에에엥-' 경보 사이렌 소리가 귀에 거슬리게 울렸다. 진하는 놀라서 허둥지둥 차단기를 열고 스위치를 내렸다. 내부의 사이렌 소리는 꺼졌지만 멀리서 또 다른 사이렌 소리가 들렸다. 진하는 뭔가 알 수 없는 공포감이 생기며 불안이 엄습해왔다.

진하는 창고를 빠져나와 사이렌 소리가 나는 곳을 바라보았다. 그곳에는 그리 크지 않은 2층 건물이 있었다. 아마도 부대의 메인 시설인 것 같았다. 진하는 그 건물로 향했다.

진하는 현관문을 열고 들어갔다. 건물은 마치 오래된 병원 같은 느낌이었다. 현관 입구부터 양쪽으로 개인 사물함이 있었고 그 옆으로는 방독면, 방제복 등이 있었으며 안으로 들어가는 입구에는 스테인리스 재질의 소독시설이 설치되어 있었다. 건물 내부는 소독시설을 통과해야 들어갈 수 있게 설계되어 있었고 그 출입문 위에는 빨간색 등이 돌아가고 있었다.

진하는 방제복과 방독면을 갖춰 입고 문을 열고 들어갔다. 조심스럽게 한 발을 디디자 문이 닫혔고 '쉬익-' 하며 소독약이 뿜어져 나왔다. 소독을 마치자 내부 램프에 초록 불이 들어왔다. 진하는 출구 문을 열고 안으로 들어갔다.

안쪽은 복도로 이어져 있었고 복도 좌우로는 실험실이 보였다. 좌우로 실험기구들이 잘 갖춰진 실험실들이 유리창을 통해 보였다. 그런데 왠지 실험실 연구원들의 복장이나 전체적인 분위기가 현재가 아닌 것 같았다. 마치 오래전으로 시간과 공간을 이동한 것 같은 느낌이 들었다. 방독면과 방제복을 입은 연구원들이 쥐나 돼지 등을 이용해 무언가 실험을 하는 것이 보였다. 한 연구원이 창문으로 진하를 보았다. 진하는 순간 움찔했고 그 연구원은 진하에게 무언가 알 수 없는 수신호를 열심히 하였지만 무슨 말인지 전혀 알 수는 없었다. 그저 방제복과 방독면을 쓰고 있어서인지 누군지 알아보지 못하고 그저 그들의 동료로 인식하는 것 같았다. 안심한 진하는 안을 유심히 살펴보려고 바짝 다가갔다.

   -꽝!

   그때 갑자기 한 남자가 다가와 진하가 바라보는 유리문을 쳤다. 얼굴에는 온통 물집이 돋아 흉측하고 징그러웠다.

   '헉!'

   진하는 심장이 멎는 것 같았다. 남자는 유리창을 마구 두드려대며 애원했다. 방음 처리가 되어있는지 목소리는 들리지 않았지만 살려달라고 외치는 것 같았다. 급히 연구원 두 명이 달려와 남자를 붙잡았다. 진하는 반사적으로 뒤로 물러서며 복도 안쪽으로 더 들어갔다. 안쪽 복도의 정면으로 문이 하나 보였다. 뭔가 특별한 느낌이 들었고 진하는 천천히 문 쪽으로 다가갔다. 그때 갑자기 불이 나갔다. 아무것도 보이지 않았다.

   -팟!

   이때 갑자기 앞쪽으로 손전등이 켜졌다. 진하는 눈이 부셔 팔뚝으로 얼굴을 가렸다. 실루엣으로 보이는 두 명의 외계인이 보였다. 그러나 외계인은 아니고 외계인 인형 탈을 쓰고 있는 사람들이었다. 그들은 진하를 잠깐 바라보다가 마대자루를 꺼내 진하의 얼굴을 덮었다. 진하는 캄캄한 어둠 속에서 사이렌 소리가 꺼지는 것을 느꼈다.

17

작은 예배당 안에는 실험복을 입은 사람들이 모여 예배를 드리고 있었다. 목사처럼 옷을 입고 집회를 주도하는 사람은 황 장로였다. 황 장로의 뒤쪽으로 붙어 있는 현수막에 쓰인 글씨가 눈에 들어왔다.

이제 곧 때가 옵니다. 우리가 새로운 세상을 만듭니다.
동참하실 분을 찾습니다.

향을 잔뜩 피워서 연기가 자욱했고 촛불을 여기저기 피워놓아 어딘지 사이비 종교단체의 분위기가 풍겼다. 사람들은 매우 엄숙한 분위기 속에서 예배를 보고 있었다.

"복수는 적의 공격으로 인한 마음의 상처가 정상적으로 회복된 상태를 말합니다. 아랍문화에서는 이를 온전, 혹은 완전한 것으로 보는데 이를 히브리 말로 샬롬이라고 합니다."

황 장로는 인공후두기에 에코 장치를 했는지 목소리가 마치 메시아의 음성처럼 들렸다. 위압감을 증폭시키는 데 효과가 있었다. 사람들은 황 장로의 말이 끝날 때마다 '샬롬'을 외쳐댔다.

"평화란 무엇인가…? 복수, 전쟁 후에 얻어지는 쉼과 성취감입니다. 복수를 해본 자만이 느낄 수 있는 안식과 평안함이 바로 샬롬입니다."

"샬롬!"

"여러분들은 누구보다 참하고 선하지만 모두 불합리하게 핍박받고 고통받았습니다. 그래서 여러분이 힘든 겁니다."

이때 갑자기 예배를 보던 한 명이 땅에 엎어지면서 울음을 터트리며 발작을 시작했다.

"이제 때가 임박했습니다. 난 이 세상을 정화할 겁니다. 완전한 세상으로 재건할 겁니다. 여러분은 나를 통해서 평화를 얻을 겁니다. 그게 바로 내가 할 일이고 나의 사명입니다."

황 장로는 갑자기 예배당 벽에 걸려있는 십자가를 집어들고 발작하며 쓰러진 신도 쪽으로 힘껏 던졌다. 모두가 놀라서 바라보는 순간, 십자가가 비둘기로 변해서 날아갔다. 그걸 보고 놀라는 신도들을 향해 황 장로가 눈을 부릅뜬 채 악을 쓰며 외쳤다.

"내가 너희를 구원할 것이다!"

"샬롬! 샬롬!"

모두 손을 높이 쳐들며 악을 썼다. 예배당 한쪽에서 팔짱을 낀 채 이를 지켜보고 있던 미스터 김은 매우 흡족한 미소를 띠고 있었다.

18

"이거 풀어!"

진하는 묶인 채 소리쳤다. 머리에는 마대자루를 쓰고 있어서 아무것도 보이지 않았다. 실장은 다가와서 진하의 얼굴에 씌어 있는 마대를 벗겨냈다.

"왜 이래요? 왜 사람을 납치하고 이렇게 묶어놓습니까?"

실장은 탁자로 가서 탁자 위의 공구 통을 열었다. 거기서 임팩트 드라이버를 꺼내 돌려보았다. 잘 돌아가는 것을 확인하고 드릴을 하나 꺼내 앞에 끼웠다. 그리고는 다시 진하를 향해 천천히 걸어왔다. 실장은 다리가 불편한지 약간 절뚝거리며 걸었다. 자세히 보니 반바지를 입은 한쪽 다리가 두드러지게 얇았다. 아마도 선천성 소아마비인 듯했다. 그렇게 불편한 다리를 끌면서 진하 앞에 다가온 실장이 잠시 진하를 바라보다 쭈그리고 앉으며 물었다.

"잘 들어. 여긴 어떻게 왔어? 거기서 뭐 하고 있었어?"

질문을 하고는 묶여 있는 진하의 한쪽 다리의 바지를 올렸다. 그리고는 임팩트 드라이버를 진하의 무릎관절에 갖다 댔다. 임팩트 드라이버가 '윙–' 소리를 내며 힘차게 돌아가기 시작했다. 진하는 갑작스러운 상황에 당황하며 목소리를 높였다.

"딸을 찾으러 왔습니다."

"딸? 딸을 찾으러 여길 왜 와? 장난치지 말고 말해. 나 참 을성이 없어. 이거 밀어 버리면 너도 나처럼 걸을 수 있어. 내가 당한 거처럼 똑같이 해줄 거야."

자신이 당했다는 실장의 말에 진하는 긴장했다. 겁을 주려는 게 아니라 진짜로 그대로 할 것 같은 두려움이 엄습했다.

"정말입니다. 근처에서 사고가 났는데…."

이때 '덜컥' 문이 열리고 미스터 김과 그 뒤를 따라 황 장로가 들어왔다.

"뭐 하는 겁니까? 이 사람 누굽니까?"

황 장로는 실장에게 다그치듯이 물었다. 실장은 이런 상황이 무척이나 짜증난다는 표정을 지었다. 그때 미스터 김이 진하를 발견하고 반갑게 웃으며 말했다.

"이 자식, 기자 아니야?"

미스터 김을 보자 뭔가 오랫동안 알던 사람처럼 엉겁결에 인사했다.

"안…, 안녕하십니까?"
"아는 놈이야?"

실장은 미스터 김이 아는 척을 해서 의외라는 듯 반문했고 황 장로는 기자라는 말을 듣고는 눈빛이 반짝였다.

"기자? 빨리 경찰에게 연락하세요."

황 장로가 상황을 정리하려는 듯이 재빨리 나서며 말했다. 실장은 그런 황 장로가 매우 못마땅한 표정이었다. 미스터 김은 이런 상황을 의미심장한 표정으로 묵묵히 바라보았다.

— 19 —

경광등이 돌아가는 순찰차가 보였다. 황 장로와 경찰 A는 대화 중이었고, 진하는 그 옆에 서 있었다. 경찰차는 빨간 불빛을 내며 멈추어 서 있었다. 순찰차의 모델은 40년 이상 된 '코티나'였다. 진하는 이 와중에도 엉뚱하게 코티나가 참 멋진 자동차라는 생각을 했고, 이런 자신의 모습이 웃긴다는 생각이 들었다. 미스터 김과 실장은 조금 떨어져서 이를 지켜보고 있었다.

"이번에 수고 많았네."

"뭐 그 정도야… 장로님 덕분에 아버지가 많이 좋아지셨어요."

"이거 아버님 달여서 드리게. 특별히 좋은 거 많이 넣었어. 회복에 많이 도움될 거야. 포기하지 말고 항상 믿음이 가장 중요해."

"감사합니다. 또 필요한 게 있으면 언제든 얘기하십시오. 그럼 가보겠습니다!"

경찰 A는 황 장로에게 깍듯하게 거수경례를 붙였다. 옆에 멀뚱멀뚱하게 서 있는 좀 어리숙해 보이고 뚱뚱한 경찰 B는 진하에게 타라는 듯이 뒷문을 열어주었다.

"빨리 딸을 찾으시길 바랍니다."

황 장로는 차에 타는 진하에게 다가와 인사를 했다. 그리고는 진하의 손을 잡는 척하며 무언가를 건넸다. 진하는 뭔가 싶어 보려고 하는데 황 장로가 진하의 손을 꽉 쥐었다.

"나중에 보세요."

황 장로는 뒷문을 닫았다. 경찰차는 이내 출발했다. 경찰
차가 어느 정도 멀어지자 미스터 김이 황 장로에게 다가왔다.

"저놈을 왜 보내줘?"
"나도 보험은 들어 놔야 할 거 아닌가."

미스터 김과 황 장로, 둘 간에 묘한 긴장감이 흘렀다.

—— **20** ——

진하를 태운 경찰차는 칠흑같이 어두운 도로를 익숙하게
달리고 있었다. 어두운 도로였지만 자신들의 구역이어서인지
차는 꽤 빠른 속도로 매끄럽게 달렸다. 운전 중인 경찰 B 옆
조수석에는 황 장로와 인사를 나눈 경찰 A가 앉아 있었고 진
하는 뒷좌석에 타고 있었다. 조수석의 경찰 A가 고개를 갸우
뚱하며 의아하다는 듯이 진하에게 물었다.

"기자시라고요? 저긴 어떻게 들어갔어요? 진입로가 없을
텐데? 여기 위험한 곳입니다. 마를 재배하면서부터는 근처에

서 사고도 많고…."

"마요? 대마? 그거 불법 아닙니까?"

"삼베 아시죠? 삼베를 만드는 게 맙니다. 그게 잎을 말려서 피면 대마가 되죠."

그제야 진하는 아까 창고에서 보았던 식물이 삼베라는 것을 알게 됐다.

"삼베가 어느 정도 필요하니 정부 허가를 받은 사람들만 재배할 수 있어요. 그러다 보니 사건도 많고…."

"아, 예…. 근데 저곳 시설들은 뭔가요?"

"아, 저게 옛날에 일본 놈들이 만든 시설인데 6·25전쟁 끝나고 미군들이 고쳐서 잠깐 쓰다가 폐쇄된 지 오래됐어요. 미국 애들이 기지 내부에서 무슨 실험인가를 하다가 사고가 나서 사람이 많이 죽었다나…. 뭐 하도 오래돼서 관리도 안 하고 시골에 사람도 없고 하니 저 사람들이 들어온 지 꽤 됐죠."

"혹시 여기 기도원이 있나요?"

"기도원? 저 안에도 기도원이 하나 있는데…. 저기는 우리도 안 들어가요. 치안도 자기들이 알아서 하고 하니까."

진하의 이런저런 질문에 경찰 A와 B는 서로 눈짓을 교환하며 답을 했지만 뭔가 불안해 보였다. 진하는 기자의 측으로 뭔가 좀 이상한 느낌을 받았다. 재차 질문을 이어갔다.

"아까 그 분은 뭐 하시는 분인가요?"

"누구요? 황 장로님요?"

운전석의 경찰 B가 나서려고 하자 조수석의 경찰 A가 옆구리를 찔렀다. 경찰 B는 움찔하며 말을 멈추더니 얼버무리는 듯 대답했다.

"아…. 고마운 사람이죠. 이 촌구석까지 오셔서 마을 사람들이 필요한 약이란 약은 다 만들어 주시니까…."

"약을 만들어요?"

"전에 무슨 유명한 연구실의 박사였다나? 아무튼 자연 재료를 가지고 이것저것 못 만드는 약이 없어요. 아주 명의시라니까요."

진하는 질문을 하면서 차 안을 살펴보았다. 그런데 옆좌석 밑에 떨어져 있는 테디베어가 보였다. 진하는 놀라며 테디베어를 집어 들었다. 가슴에 아빠라는 명찰이 붙어 있었고, 분명히 한별이의 것이었다. 강 교수의 통화가 기억나면서 경찰들이 한별이를 데려갔다는 생각이 들었다. 이런 진하를 룸미러로 살피고는 경찰 B와 의미심장한 눈빛을 교환한 조수석의 경찰 A가 너스레를 떨었다.

"날씨가 이거… 비가 오려나? 어이 잠깐 차 좀 세워. 보일러 물 좀 빼고 가자."

경찰차가 캄캄한 도로를 달려가고 있었다. 음산한 분위기의 하늘이 펼쳐져 있었다. 경찰차는 한적한 개천 도로 옆에 멈추었다. 경찰 A는 차에서 내려 개천으로 가서 바지 지퍼를 내리고는 소변을 보았다. 그리고는 허리춤에서 소형 담배 케이스를 꺼내 불을 붙였다. 자세히 보니 그건 일반 담배가 아니라 말아서 피는 것이었다. 담배를 한 모금을 깊게 들이마시며 황홀해 하는 것을 보니 아마도 대마인 듯했다.

소변을 본 경찰 A는 허리춤에서 경찰봉을 꺼내어 손에 '탁탁' 두드려 보았다. 그리고 만족스러운 표정으로 콧노래를 흥얼거리며 진하가 타고 있는 차로 향했다. 운전석의 경찰 B는 목을 풀듯이 한 바퀴 감아 돌리며 짧게 혼잣말 한마디를 뱉어냈다.

"거 참 성가신 새끼네. 요단강 건너게 해줘야지, 흐흐."

진하는 본능적으로 불길한 예감이 들었다. 진하가 차 문을 열어보려고 시도했지만 경찰차의 문은 안에서 열리지 않았다. 진하는 재빨리 허리띠를 빼서 양손에 감았다. 경찰 B가 차 문을 열려는 진하를 돌아보는 순간, 진하는 그의 목을 허리띠로 감았다. 허리띠를 있는 힘껏 당겼더니 경찰 B는 앞 유리창을 발로 차며 발버둥쳤다.

인피니티 루프

소변을 보고 콧노래를 흥얼거리며 돌아오던 경찰 A는 차가 흔들리는 것을 보고는 서둘러 차로 달렸다. 진하의 손에 점점 힘이 들어가자 경찰 B의 하체는 금세 축 늘어져 버렸다. 이에 진하는 재빨리 앞좌석으로 몸을 던져 차 문을 열었다. 차로 달려오던 경찰 A는 바둥거리며 차에서 빠져나오려는 진하를 보고 발걸음을 천천히 하며 속도를 줄였다. 경찰봉을 '탁탁' 두드리며 이 상황이 무척이나 재밌다는 표정으로 진하를 바라보았다.

진하는 필사적으로 차에서 빠져나와 한별이의 테디베어를 들어 보였다.

"우리 애 어딨어!"

경찰 A의 눈동자에 초점이 없었다. 경찰 A는 얌전하게 경찰봉을 땅에 내려놓고 웃통을 벗기 시작했다. 상체의 근육이 보통이 아니었다. 그리고는 천천히 진하에게 다가왔다. 이내 경찰봉을 우악스럽게 내리쳤다.

-꽝!

진하는 경찰봉을 겨우 피했으나 세차게 내려친 경찰봉의 타격감은 차 문이 부서질 정도였다. 경찰 A는 자신의 일격을 피한 것이 의외라는 듯 고개를 갸웃거리다가 다시 진하를 향해 경찰봉을 내리쳤다.

-퍽!

진하는 경찰차에 손을 짚으며 차를 건너뛰었다. 앞 유리창이 박살이 났다. 진하는 재빨리 차 문을 열고 운전석의 경찰 B의 허리춤에서 가스총을 꺼내려 했다. 그러나 권총홀더에 걸려서 잘 빠지지 않았다. 이 모습을 보고 웃던 경찰 A는 서서히 차를 돌아 진하에게 다가왔다. 진하는 총을 빼내려 안간힘을 썼지만, 총은 빠지지 않았다. 가깝게 다가온 경찰 A는 다시 일격을 가하려 경찰봉을 치켜들었다. 진하는 도망칠 기회를 엿보며 경찰차 주위를 돌았다. 경찰 A는 여유를 부리며 차 주변을 맴돌기 시작했다. 둘의 간격은 좁혀지지 않았다. 그저 차를 두고 서로 뱅뱅 도는 꼴이었다. 경찰 A도 따로 방법이 없어 보여 난감해했다. 그렇게 한참을 대치하며 맴돌다 둘 다 지쳐 멈춰 섰다.

"도대체 왜 한별이를 데려간 거야?"

진하는 헐떡거리며 물었다.

"호호, 그게 당신 아이? 어차피 죽을 거 알려는 줄게. 애는 실험체로 쓰일 거야. 그리고 숙주가 될 거라고. 거룩한 희생이라고 생각하면 돼. 지금쯤 아마도 시작됐겠네. 호호호."

말을 마친 경찰 A는 마지막 힘을 다해 진하를 쫓았다. 그때 '철컥!' 앞문이 세게 열렸고 뛰어오던 경찰 A가 차 문에 그대로 부딪혀서 나가떨어졌다. 정신이 돌아온 경찰 B가 운전석 문을 박차고 나오려다 운전석 문과 경찰 A가 충돌한 것이다. 경찰 A와 부딪혀서 반동으로 다시 닫히던 운전석 문에 머리를 박은 경찰 B마저 정신을 잃었다. 진하는 재빨리 경찰 B를 거칠게 차에서 끌어 내리고 올라탄 다음, 차를 몰아 그곳을 서둘러 빠져나갔다. 진하는 세차게 액셀러레이터를 밟아 속도를 높였다. 진하는 문득 떠오른 생각에 주머니를 주섬주섬 뒤졌다. 황 장로로부터 받은 쪽지가 있었다. 구겨진 메모지를 펼쳐보니 다음과 같이 적혀 있었다.

H5N1 + H1N1

진하의 눈빛이 빛났다. 운전하는 진하의 마음은 급했다. 액셀러레이터를 밟아 속도를 높였다.

21

방제복과 방독면까지 갖춰 입은 미스터 김과 황 장로가 실험실에서 쥐를 가지고 테스트 중이었다. 황 장로는 환한 불빛에 반짝이는 주사기를 비춰 본 다음 앰풀 병에 주삿바늘을 꽂아 빨간색 액체를 빨아들였다. 작은 유리 상자 안에는 흰색 실험용 쥐 네댓 마리가 들어가 있었다. 황 장로가 미스터 김의 손에 든 쥐를 건네받아 주삿바늘을 꽂자 쥐는 경련을 일으키며 바로 죽었다. 황 장로는 죽은 쥐를 유리관 안에 집어넣었다.

나머지 건강한 쥐들이 금세 경련을 일으키며 쓰러졌다. 황 장로는 흡족한 얼굴로 방제복 안에 설치된 인공후두기를 손으로 누르며 말했다.

"이제 공기 중 감염이 가능하네. 이번에 데려온 그 아이가 숙주가 될 거야. 순식간에 전염되기 시작하면, 코로나보다 훨씬 빠르게 퍼져나가게 될 거야. 사람들은 지금 확산 중인 조류인플루엔자로 생각할 거고. 정부는 일단 사람들을 안심시키려고 쉬쉬할 거고, 크크크…. 사람들이 뒤늦게 감염됐단 걸 알게 될 땐 이미 끝난 거지. 크크크…."

미스터 김은 죽어버린 쥐들을 무표정하게 바라보았다. 황 장로는 냉장고에서 초록색의 작은 앰풀을 꺼내 미스터 김에게 건넸다.

"그리고 여기 백신. 구원받을 선택된 자들을 위한."

앰풀에 담긴 백신을 보는 미스터 김의 눈빛이 반짝였다.

"이게 백신이란 말이지?"

"자넨 이제 세상을 정화할 신의 지팡이를 쥐게 된 거야. 그리고 난 모든 부를 손에 쥐게 되는 거고. 나와의 약속은 꼭 지켜주게."

미스터 김은 실험의 성공으로 격앙된 황 장로가 죽은 실험용 쥐를 보며 한눈을 파는 사이 주사기에 바이러스가 들어 있는 빨간색 액체를 주입했다. 그리곤 이내 주사기를 황 장로의 목에다가 꽂았다.

"하나… 둘… 셋… 넷… 다섯…, 여섯…, 일곱."

황 장로는 눈동자가 뒤집히며 괴로워하다가 쓰러졌다. 흰자위를 드러낸 황 장로는 붕어처럼 입만 뻥긋거렸고 목소리는 들리지 않았다.

"왜…?"

"이제 너 할 일은 끝났잖아. X 까는 소리는 비뇨기과 프론트 앞에서 하고, 빨리 뒤져! 보험 좋아하네, X새끼가!"

황 장로는 얼굴에 물집과 돌기가 부풀어 오르다가 이내 숨을 멈췄다.

"뭐야? 씨… 바로 안 뒈지고. 쥐새끼보다 사람이 좀 더 오래 버티는 건가?"

22

진하가 탄 경찰차가 급하게 들어와 캠프의 본관 건물 앞에 멈춰 섰다. 진하는 차에서 내려 본관으로 뛰어 들어갔다. 아까와 달리 안에는 사람이 아무도 없었다. 진하는 현관에서 방제복과 방독면을 대충 착용하고 급하게 안으로 들어갔다.

"한별아! 한별아!"

시간이 없었다. 진하는 닥치는 대로 이 문, 저 문을 열어 보며 한별이를 불렀다. 'EXIT'라고 쓰여 있는 문이 보였다. 진하는 그 문을 재빨리 열어 안을 살폈다. 안에는 인큐베이터 같은 유리관 안에 한별이가 누워 있었다. 진하는 서둘러 한별에게 다가갔다.

"한별아! 한별아! 아빠야!"

누워 있는 한별은 잠을 자는 듯 평온한 모습이었다. 진하가 유리관 캡슐을 열려고 하는 순간, '쾅!' 하고 다른 쪽 문이 열리며 방제복을 입은 괴한이 나타나 진하에게 덤벼들었다. 진하는 엉겁결에 밀려 나자빠졌다. 괴한은 진하가 넘어진 와중에 한별이를 안고 달아나기 시작했다. 진하가 재빨리 괴한을 쫓기 시작했다. 제정신이 아니었다. 진하는 괴한이 사라진 쪽의 문을 박차고 나갔다. 복도가 이어져 있었다. 다급하게 뒤쫓던 진하는 방독면을 쓰고 있어서 금세 호흡이 거칠어졌다. 숨을 헐떡거리는 진하의 방독면에 뿌연 서리가 끼면서 시야가 흐려졌다. 진하는 방독면을 벗어 던지고 가쁜 숨을 몰아쉬었다. 달아나던 괴한이 방독면을 벗으며 그런 진하를 바라봤다. 찰랑거리는 긴 머리가 눈에 띄었다. 이럴 수가! 괴한은 아내 민정이었다.

"민⋯민정아!"
"내가 살릴 거야⋯. 당신은 아무것도 할 게 없어."

민정의 목소리가 꿈결처럼 아득하게 들렸다. 곧바로 민정은 비상구 문을 열고 사라졌다. 진하는 사력을 다해 그 뒤를 쫓았다.
-벌컥!
진하가 비상구 문을 열어젖히자 일제강점기 시절의 오래된 느낌의 실험실이 나타났다. 모두 무언가 열심히 실험에 열중하고 있었고 민정은 한별이를 안고 달렸다. 진하는 그 뒤를 쫓았지만, 어찌 된 건지 실험실의 사람들은 아무도 이 둘을 의식하지 않았다. 민정은 실험실을 가로질러 다른 문을 열고 나갔다. 진하도 힘겹게 민정의 뒤를 따라 문 안으로 뛰어 들어갔다.
거긴 그냥 하얀 방이었다. 모든 것이 하얀 공간이었다. 안쪽으로 좀 더 환한 빛이 보였다. 진하는 그곳으로 향하다가 무언가를 발견하고 이내 무너지며 무릎을 꿇고 주저앉았다. 진하는 웅크리며 소리 내어 울기 시작했다.

진하가 본 것은 목을 매고 죽어 있는 민정이었다. 안쪽으로는 조그만 십자가와 진하, 민정, 한별이의 가족사진 주위로 촛불이 켜져 있는 제단이 보였다. 마치 기다리고 있었다는 듯 제단 옆 의자에 미스터 김이 느긋하게 여유 있는 자세로 앉아 있었다.

"한별이 어디 있어?!"

"아름답지?"

제단에 선 미스터 김은 빨간색 앰풀 병을 들어 진하에게 보여주었다.

"한별이 내놔! 우리 한별이 어딨어!"

"왜 모르는 척해? 이건 다 당신이 만든 세상 아니야?"

"무슨 개소리야!"

진하는 미스터 김에게 다가가려 했지만 가위에 눌린 것처럼 움직일 수 없었다. '에에에에엥─' 하는 이명이 들리기 시작했다. 소리는 점점 커졌고 진하는 움직일 수 없을 만큼 괴로웠다.

"조금 더 솔직해져 봐. 힘들지? 일도 해야 하는데 아이도 자주 찾아가 봐야 하고, 약값 때문에 돈도 많이 벌어야 하고 마누라는 자살해 버리고…. 와! 참 버라이어티하네! 크크크."

　-에에에엥.

　진하의 눈이 고통에 뒤집히면서 입에 거품을 물기 시작했다, 이명과 함께…. 몸이 움직여지지 않았다.

　"자, 둘 다 신의 지팡이야. 하나는 살리는 거고, 나머지 하나는 모두 죽이는…. 어떤 게 필요해? 세상 모두에게 똑같이 고통을 돌려줄까? 아니면 백신만 줄까? 어느 것을 줄까요? 알아맞춰 보·세·요."

　"으아아아악!"

　진하는 괴성을 지르며 미스터 김에게 달려들었지만, 미스터 김은 대단한 완력으로 진하의 멱살을 잡아 들어올렸다. 한 손으로 진하를 들어 올린 채 다른 한 손으로 앰풀 병을 입에 물고 주사기를 채웠다. 거칠게 앰풀 병을 뱉어내며 이죽거리는 미스터 김의 말소리가 울려 퍼졌다. 진하는 발버둥쳤지만, 미스터 김의 완력에 아무런 효과가 없었다. 진하는 발길질을 하면서 아무렇게나 주머니에 손을 넣어보니 무언가 잡히는 것 같았다.

　"어차피 낫지도 못하는 거 차라리 죽어버렸으면 하는 게,

솔직한 심정 아니야?"

진하는 있는 힘을 다해 주머니에서 몰래 움켜쥐었던 라
이터로 미스터 김의 눈을 가격했다. 미스터 김은 예상치 못한
의외의 한방에 그대로 무너져 고꾸라졌다. 미스터 김의 손아
귀에서 벗어난 순간, 진하의 눈에 미스터 김이 떨어뜨린 주사
기가 들어왔다. 진하는 손을 뻗어 주사기를 집어 들었다.

"아니야! 난! 한별이를! 어떻게 해서라도 살린다. 이 X새
끼야!"

진하는 미스터 김의 눈에 주사기를 찔러 넣고 힘주어 박
아버렸다. 모든 게 정지된 것 같았다. 시간이 멈춘 듯 미스터
김은 잠시 사이를 두고 그대로 있다가 힘없이 진하를 밀쳐내
며 쓰러졌다. 미스터 김은 무표정하고 일그러진 얼굴로 진하
를 향해 말했다.

"후후…. 넌 잘하고 있어. 힘내라고! 한진하."

미스터 김의 핏발 선 눈동자가 맑게 변하고, 표정이 편안
하게 풀렸다. 그 와중에 찢어진 옷 사이로 보이는 왼쪽 가슴의
상처가 보였다. 진하의 상처와 똑같았다.

23

어디선가 날아온 파란 나비 한 마리가 머그잔에 살짝 내려 앉았다. 그 나비의 무게를 느낀 걸까? 진하는 살짝 눈을 떴다. 진하는 강 교수의 방 쇼파에 기대어 세상 모르고 자고 있었다. 손에는 강 교수가 건네준 머그잔이 들려 있었고 자세히 보면 그 머그잔에 뱀이 자신의 꼬리를 먹는 '우로보로스' 문양이 새겨져 있었다. TV 뉴스를 시청 중이던 강 교수는 옆에서 눈을 뜨는 진하를 바라보며 말을 건넸다.

"너무 빨리 퍼지는 것 같은데⋯."

강 교수는 혼잣말인지 진하에게 하는 소리인지 모를 말투로 말했다. TV에서는 조류인플루엔자 H5N1의 변형 바이러스가 인수공통감염으로 포유류에게도 전염되어 확산 중이라는 뉴스가 나오고 있었다.

"나 얼마나 잤냐?"
"한 30분 잤나? 너무 곤히 자길래 그냥 내버려 뒀다. 좀 더 자."

진하는 잠을 깨기 위해 고개를 좌우로 돌리며 가벼운 스트레칭을 했다. 정신이 좀 맑아지는 기분이었고 잠깐이었지만 몸이 개운한 것 같았다. TV 화면에서는 바다표범 같은 포유류들이 쓰러져서 고통스러워하는 장면들이 나오고 있었다.

"포유류가 전염된다면 사람도 감염된다는 건데 그럼 이건 재앙 수준이야."

진하는 갑자기 무슨 생각이 드는지 한동안 멍하게 창밖을 응시했다. 창밖으로 아까 진하의 머그잔에 앉았던 파란 나비가 날갯짓하며 날아다니는 게 보였다. 진하는 자신의 손가락을 가만히 응시했다. 오른손 검지로 왼손 검지를 뒤로 천천히 밀어보았다. 검지가 비정상적으로 꺾이면서 팔목에 붙을 때까지 휘어졌다. 진하는 안도의 한숨을 내쉬었다.

24

진하는 천천히 눈을 떴다. 무척이나 오랫동안 누워있었던 것 같았다. 몸도 뻐근하고 개운치가 않았다. 눈앞에 서 있는 의사가 흐릿해졌다가 선명하게 보였다. 친구 강 교수였다. 옆에 있던 간호사가 호들갑을 떨며 말했다.

"교수님! 깨어났어요."
"멀쩡해? 나 알아보겠어?"
"얼마나 이러고 있었던 거야?"
"꼬박 일주일…. 자식. 외형상으론 전혀 이상이 없어서 꾀

병인 줄 알았다. 아무래도 뇌에 쇼크가 있었던 것 같아. 그나
마 다행이다. 우리 병원 근처에서 사고가 나서 응급조치가 빨
랐던 게 큰 역할을 했다."

진하는 전혀 기억이 나지 않았다. 그저 한동안 잠이 들어
꿈을 꾼 것 같았다. 강 교수는 애써 태연한 척 말을 했지만, 속
으로는 너무 기뻐하고 있는 걸 오랜 친구인 진하는 느낄 수가
있었다. 진하는 창밖을 바라봤다. 창밖에는 벚꽃이 흐드러지
게 피어 있었다. 벚꽃 사이로 나비들이 날아다니고 있었고 흩
날리는 벚꽃과 구별이 안 되었다. 진하는 갑자기 지금 이 순간
이 아름답다는 생각이 들었다. 진하는 침대에 걸터앉았다.

"걸을 수 있겠어? 바람이나 좀 쐴래?"

강 교수는 오래 누워있었던 진하가 안쓰러웠던지 산책을
가자고 권유했다. 진하는 천천히 일어나 걷기를 시도했다. 별
문제 없이 걸을 수 있었다.
진하와 강 교수는 병원 벤치에 자리를 잡고 앉았다.

"근데 어찌 된 거야? 왜 터널을 들이받았어?"
"몰라 기억이 안 나."
"인마. 미워도 오래 보고 싶은 친구 놈 하나 못 보나 했다.
아무튼, 고맙다. 이상 없어서."

"퇴원해도 돼?"

"뭐 이상 있는 곳은 없어. 그냥 뇌 쇼크만 온 것 같아. 불행은 한꺼번에 같이 온다더니 애 엄마 그렇게 되고 얼마나 됐다고 너도 교통사고냐? 한별이 생각해서라도 죽기 살기로 살아. 한별이 시집가는 거는 봐야지. 가벼운 부상이니깐 천천히 치료받고 네가 나가고 싶을 때 퇴원해. 자식 운 좋은 줄 알아라. 차가 그렇게 망가졌는데도 이렇게 멀쩡한 거 보면 아직 갈때는 아닌가 보다."

"아주 오래오래 잠을 잔 것 같다."

"어차피 인생이 다 꿈일지도 모르지. 지금 이 순간마저도…."

강 교수는 주머니에서 무얼 꺼내 진하에게 던졌다.

"선물."

진하는 갑자기 뭐지 싶었다. 익숙한 자동차 키였다.

"아! 이거 아직도 가지고 있냐?"

"그렇게 타고 싶어 했잖아. 다 손 봤다. 어차피 사고 난 네 차는 공장에 들어갔어. 아마도 폐차해야 할 걸? 살아 돌아온 친구에게 고맙다고 주는 거야. 그리고 굿 뉴스 하나, 제약회사에서 연락이 왔는데 한별이 약 임상실험 결과 부작용 사례가

획기적으로 줄어들었다고 한다."

25

어둠이 내려앉은 한적한 국도를 달리는 강 교수의 코란도 위로 진하와 양 팀장의 전화 통화 소리가 들려왔다.

"응, 이제 괜찮아. 아무 이상 없어…. 내 생각도 그래. 뭔가 분명히 있는 것 같다."

전화기 너머로 양 팀장의 목소리가 들렸다.

"인구를 조절하기 위해 누군가가 의도적으로 바이러스를 이용하고 있다. 이게 정말 사실일까요?"

운전하는 진하의 시야로 터널 입구가 보였다. 이내 터널 안으로 진입하자 아주 천천히 달리고 있는 산타페가 보였다.

"사실? 모르지…. 하지만 다 알 수도 없을 테고…. 하지만 진실일 수도 있어…. 우린 사실보다는 진실이 더 중요한 거 아닐까?"

'뭐야! 왜 이렇게 천천히 가?'

통화 중이던 진하는 앞에서 천천히 서행하는 산타페가 신경 쓰였다. 진하는 속도를 올리며 산타페를 추월하려 했다. 진하는 앞지르기를 하면서 산타페의 운전석을 힐끔 바라보았다. 산타페를 운전하고 있는 사람은 미스터 김이었다.

"헉!"

소스라치게 놀란 진하는 잠시 차의 중심을 잃었다. 산타페는 갑자기 속도를 줄이며 핸들을 꺾는 코란도를 피하려다가 터널의 벽을 들이받고 튀어 올랐다.

-끼이이이익- 꽝!

언저리 프로젝트에 참가하게 되어서 너무 기쁘다. 언저리라는 것이 사실은 패배를 상징하는 건지도 모르지만 한편으로는 아직 꿈을 꾸고 있는 자들이라는 말이기도 하니까.

영화라는 것이 예술 중에서도 가장 상업적 영향을 많이 받는 분야인데 작가의 의지도 중요하지만, 관객의 트렌드라는 것이 참 무서울 때가 많다. 그래서 작품을 다 종결을 지어놓고도 20고, 30고, 셀 수 없이 많은 수정작업을 하는 것 같다. 그 과정에서 나도 모르게 원형이 틀어져서 '무슨 이야기를 하고 싶었더라?' 혼돈스러워지는 경우도 많다. 그래서 '이제, 차라리 그만 내려놓자'며 버리려고 했던, 작가에게는 자식과 같은 창조품들이 생겨난다. 그러나 세상에 그 어떤 부모가 자식들을 버릴 수 있을까? 언저리 프로젝트가 그런 작품들에 한 줄기 생명의 빛을 다시 쏘여준다는 생각에 감사하다. 이런 기획을 해준 시공사 김경섭 본부장과 김철웅 감독에게 다시 한번 감사드린다. 이것이 뭐 시대를 초월하는 대단한 작품이거나 명작은 아닐지 몰라도 그래도 한 사람에게는 오랫동안 밤을 새워가며 고민해온 결정체다.

'인피니티 루프'는 참으로 우여곡절을 많이 겪은 작품이다. 3D로 프로모션 영상도 제작하였고, 콘텐츠진흥원에 선정되어 중국에 투자설명회도 다녀왔으며, 프로모션 영상을 한 상업영화가 표절하기도 했었다. 또한, 프로모션 영상을 단편영화제에서 선정되어 크라우드 펀딩을 받기도 했으며, 부천영화제에서 웨타스튜디오와 프리프러덕션 워크샵을 진행하기도 했었다. 그러나 결론은 영화화되지 못했다.

시나리오는 결국 영화화되지 않으면 아무런 의미가 없다. 라면 냄비 받침대로 쓰이다가 우주를 상징하는 원, 만다라 같은 동그란 라면 국물이 묻은 채로 쓰레기통에 버려진다. 그런데 언저리 프로젝트로 다시 출간하게 되었다. '예수님처럼 정말 죽은 것이 살아나는 경우가 있구나'라는 생각을 하게 되었다. 다른 여러 프로젝트도 구상하며 작업 중에 있지만, 오랜 시간 언저리만 맴돌았기에 언저리 프로젝트에 소개하고 싶은 나의 첫 번째 작품이다. 일상에 지친 분들, 특히 아버지들을 위로하고 싶다는 마음에서 구상한 작품이다. 너무나 진부하고 뻔한 얘기라고 생각할지 몰라도 "내가 나비의 꿈을 꾸던, 나비가 나의 꿈을 꾸던 어차피 모두 다 꿈이니까 다들 심각해하지 말고 그냥 한판 놀다 가"라는 옛 성인의 말을 새삼 전하고 싶었다.

전주에서 태어나 자랐고 전북대 공대를 다니다가 영화 <시네마 천국>을 보고 주인공 토토처럼 가방 두 개 싸서 상경하여 독립영화판에서 영화를 시작했다. 영화를 더 많이 공부하고자 하는 마음으로 일본으로 생계형 유학을 가게 되었다. 하지만 복학을 권유하는듯, 하지만 사실상 강요하는 아버지를 피해 도망갔다고 하는 게 맞는 것 같다. 아무튼 그렇게 일본으로 갔으나 혈기 왕성한 시절이어서인지 적응이 될 만하니 일본이 왠지 시시하고 작아 보였다. 결국 방황하다가 수많은 니혼슈와 당시 한국에서는 쉽게 맛볼 수 없는 양주의 세계에 빠지게 되었고, 게다가 일본 국민노름 빠찡코에도 슬슬 재미가 들던터라 스스로 위기감을 느끼고 있었다. 그러다가 이렇게 계속 살면 야쿠자도 아니고 그냥 양아치로 죽을지 모른다는 위기감이 들었고 '그래! 이왕 할 거면, 미국으로 가 할리우드에서 시작해보자' 마음먹고 미국 유학을 준비하던 중, 친한 친구의 유혹으로 전혀 생각하지 않았던 충무로 연출부 생활을 시작하게 되었다. 그 친구는 그 영화를 하고 나서 바로 영화판을 떠났다. 현명한 친구라는 생각이 든다.

<돼지의 최후>라는 영화의 각본, 감독을 하며 늦은 데뷔를 했으나 정식 개봉을 하지 못했다. 프로듀서로 독립 장편영화를 진행하여 대종상 기획부분에 동정표라 생각되는 끼워넣기 노미네이트가 된 적도 있다. 그 외 몇 편의 VR 단

편과 3D 단편 등을 연출하였다.≪스크린 독과점 축복인가? 독인가?≫라는 책을 약간의 의협심에 썼지만 예상대로 영화인들도 안 사본다.

언저리 프로젝트의 기획자인 후배 김철웅 감독은 내가 성공한 영화인이라고 한다. 그 이유가 결혼을 했고 아이를 낳아 키웠기 때문이란다. 후- 자괴감이 쓰나미처럼 밀려온다. 어쨌든 의상디자이너인 아내 정은과 올해 성년이 되는 아들 정현과 함께 꽤 수다를 조잘거리며 살고 있고, 생계를 위해서 GOOGLE처럼 주 3일 근무를 목표로 화물차를 운전하고 있지만, 마음과 같지 않게 초과근무를 많이 한다. 그런다고 돈이 더 벌리는 건 아니다. 그냥 영화도 언저리 인생이고 화물차도 언저리 인생인 것 같다. 작가 소개를 쓰다 보니 난 언저리 프로젝트를 위해 태어난 사람인 거 같다는 생각이 차고 올라온다. '2023년엔 죽어도 주 3일 근무할 거야!' 다짐한다.

돈 좀 만져볼지 모른다는 헛된 망상에 시작한 '멍채널'이라는 유튜브 채널이 구독자는 좀체 늘고 있지 않지만, 이제 슬슬 재밌어지고 있고, 나의 멋진 친구들과 좋은 선후배들 사이에서 행복하게 하루하루를 원래의 계획대로 잘 살고 있는 거 같다. 아니면 또 말고.

應無所住 而生其心(응무소주 이생기심), 이 말이 참 좋다. '결과는 상관없음, 그저 할 뿐'임. 진정한 언저리들을 위한 말인 것 같다.

꽃밭에서

손정우

본 작품은 <헤이리 비거전(飛車傳)>이라는

애초의 기획 시놉시스를 소설 형태로 각색한 것으로

원본의 느낌을 최대한 살리는 방향으로 편집하였습니다.

— 1 —

중종 36년 여름, 헤이리.

지난겨울에는 유난히 눈도 거의 내리지 않았다. 메마른 봄을 지나 비 한 방울 내리지 않는 뜨거운 여름이 계속되고 있었다. 저수지는 이미 바닥을 드러낸 지 오래였고, 우물과 샘까지도 말라버려 마실 물도 부족했다. 마을 어디에서도 먹을 것을 구할 수가 없는 참혹한 상황이 계속되었다. 소와 돼지들이 이유 모를 병에 걸려 죽어가더니 전염병을 사람들에게까지 옮겨 많은 사람이 목숨을 잃었다. 환자들을 격리한다고 하지만 치료법도 알 수 없었고, 다만 죽어가는 환자와 멀리 떨어져 새로운 환자가 생기지 않기만을 바랄 뿐이었다. 굶주린 마을 주민들 모두 야속한 하늘만 바라보며 한탄을 늘어놓고 있었다.

마을 수령(守令)인 정성우(鄭成佑)는 관아의 곳간을 열었다. 하지만 마을 전체의 허기를 달래주기엔 턱없이 부족하다는 것을 잘 알고 있었다. 그 끝이 보이지 않는 안타까움에 조정에 탄원을 올렸지만 언제 그 답이 올지는 아무도 알 수 없는 상황이었다.

― 2 ―

어느 날 새벽, 천지를 뒤흔드는 굉음이 울렸다. 그러더니 마을 앞산, 뒷산 전체를 환하게 만드는 일곱 개의 커다란 섬광이 춤추듯이 하늘을 날아다녔다. 섬광들의 유영은 한참 계속되었는데 일곱 개 중에 한 개의 섬광이 떨어져 나오며 점점 마을 쪽으로 빠르게 떨어져 내려오고 있었다. 한눈에 들어오지 않을 정도로 커다란 원반 모양의 비거(飛車)가 뿌연 연기와 먼지를 일으키며 이미 말라버린 저수지에 불시착했다. 계속 굉음을 내며 다시 날아오르려 하는 듯했지만, 몸체의 아랫부분이 강한 회전을 하며 연기와 모래 먼지를 일으킬 뿐, 다시 날아오르지 못하고 털썩거리고 있었다.

상상도 못 했던 일이 헤이리에 벌어진 것이었다. 마을은 온통 처음 보는 비거의 등장에 놀라움과 혼란스러움 속에서 술렁거렸다. 관군들은 창을 들고 몰려와 비거에 가까이 다가가려 했지만 비탈진 저수지 주변에서 미끄러지고 넘어질 뿐이었다. 비거에 가까이 가려 할수록 비거에서 뿜어져 나오는 알 수 없는 기운에 모두 경련을 일으키며 맥없이 쓰러져버렸다. 쓰러졌던 관군들은 반나절이 지나 한 명씩 깨어나는데 마치 달콤한 꿈이라도 꾼 듯 행복한 미소를 지으며 저수지 위로 기어 올라왔다.

성우는 서둘러 비거의 감시를 명령했다.

"비거의 주변에 마을 사람들의 접근을 막도록 해야 할 것이다. 순번을 정하여 매시간 교대로 지키도록 하라!"

관군들은 교대로 저수지 주변을 지켰고 마을 사람들의 접근을 원천 봉쇄했다. 관군들은 비거에서 나는 조그만 소리에도 민감한 반응을 보였다. 하지만 특별한 기척은 느낄 수 없었다. 그날 자정이 가까운 시간이 되자 비거에서 주변을 환하게 밝히는 색색의 불빛이 켜지며 마을 전체를 환상적인 분위기로 만들었다. 주민들은 캄캄한 한밤중에 비거에서 뿜어내는 환한 불빛을 보며 별천지에 와 있다는 착각에 그동안의 굶주림조차 잊을 정도였다.

불과 이틀 만에 이 거대한 비거의 존재는 마을 사람들에게 점점 익숙해져 갔다. 가까이 다가갈 수도 없었지만 더는 다가갈 이유도 잊은 듯했다. 그저 밤마다 황홀한 빛 잔치만을 구경하며 지낼 뿐이었다.

그렇게 하루가 더 지났다. 갑자기 '투둑, 투둑', 하늘에서 달걀만 한 물방울들이 메마른 땅으로 떨어지기 시작했다. 드디어 치가 떨릴 정도로 지루했던 오랜 가뭄이 끝이 나는 것인가? 마치 하늘에 구멍이 난 것처럼 비가 쏟아지기 시작했다. 마을 사람들은 오랜 가뭄 끝에 쏟아지는 비가 틀림없이 비거가 만들어 낸 신비한 조화라고 입을 모았다.

다음 날부터 말랐던 우물과 샘에 물이 점점 차올랐다. 그리고 말라 있던 나무와 풀들에 윤기가 돌기 시작했고. 이 마을의 특산품인 사과나무에 생기가 돌면서 신기하게도 사과꽃이 올라오고 빠르게 사과가 매달리기 시작했다. 마을 사람들은 정체를 알 수 없는 비거에 절을 하고 싶을 정도로 이 모든 현상이 우연한 일이 아니라고 확신하게 되었다. 비는 잦아들고 비거는 다시 커다란 굉음을 내며 추진을 위해 불빛을 내며 털썩거렸다. 그렇게 오랫동안 연기와 먼지를 내더니 드디어 하늘로 떠올랐다. 비거는 온 마을을 환하게 비추며 마을 사람들에게 인사라도 하듯이 서서히 하늘로 올라갔다.

"고맙습니다!"
"잘 가시오, 감사했습니다!"

점점 높이 올라가는 비거를 보며 마을 사람들은 입을 모아 고마움과 아쉬움의 인사를 했고 심지어는 두 손을 모아 절을 하기도 했다. 점점 멀어지다가 공중에서 커다란 원을 여러 번 그리며 날다가 획 하고 멀리 사라져 버렸다.

비거가 떠난 저수지엔 신기하게도 다시 물이 차오르는 게 아니라 이름 모를 형형색색의 꽃과 식물들이 순식간에 자라나 그 넓은 저수지 공간을 꽉 채웠다. 많은 양의 물을 머금고 있는지 지류로 흘러내리는 물의 양도 전과 비교해 적지 않았다. 죽음의 기운이 감돌던 마을에 생기의 활력이 점점 돌기 시작했다. 이름 모를 전염병에 걸려 죽기만을 기다리던 환자들이 꽃밭에서 흘러나온 물을 마시고는 기운을 차리기 시작했다. 환자들의 몸에 퍼져 있던 검은 반점들이 순식간에 사라졌고, 예전의 혈색이 돌아오는 데 얼마 걸리지 않았다. 비거는 떠났지만, 마을 전체에 꽃향기가 가득하게 퍼지면서 마을을 뒤덮었던 죽음의 기운들이 일순간에 걷히고 있었다.

"이렇게도 기이한 일이 일어나다니!"

성우는 저수지로 나가 꽃밭에서 일어나는 상황들을 직접 조사하기로 마음먹었다.

달빛이 휘영청 밝은 밤. 아무도 곁에 없다. 밤인데도 벌이 날고 나비가 춤을 춘다. 꽃밭 앞에 서서 주위를 둘러보는데 순간 아찔하게 꽃향기가 느껴진다. 환한 달빛에 꽃향기가 더해지니 풍광이 더 아름다워 보였다. 성우는 신을 벗고서 꽃밭 속으로 걸어 들어갔다. 진흙 속에 두 다리를 버티고 서서 주변을 둘러보는데 순간 들어가 보지 않으면 절대로 볼 수 없고 느낄 수 없는 경험을 했다. 밖에서 보았을 땐 알 수 없는 새로운 공간감의 발견이고, 놀라운 시계(視界)의 전환을 온몸으로 느끼고 있었다.

질퍽한 진흙을 피부로 느끼며, 밖에선 느낄 수 없었던 진한 꽃향기, 풀 냄새, 물 냄새 등이 코끝을 자극하고 가슴 전체가 신선한 공기로 가득 차오르는 순간, 정신을 잃고 쓰러져 버린다.

여명이 밝아오는데도 성우는 꽃밭 속에서 여전히 단잠을 자고 있었다. 어디선가 다가온 고라니가 잠든 성우의 얼굴을 핥아주다가 움찔하자 놀라서 휙 돌아서 통통 튀며 사라졌다.

드디어 잠에서 깨어나는데 그 표정이 너무나도 편안해 보였다. 아침 이슬에 관복이 모두 흠뻑 젖어버렸지만 아랑곳하지 않고 일어서서 주변을 휘휘 둘러보았다.

아침 햇살에 유독 반짝이는 꽃잎들을 보며, 성우는 자신도 모르게 발걸음이 옮겨졌다. 한 걸음, 한 걸음 발을 옮겨 가까워질수록 반짝임이 점점 강렬하게 느껴지는데 꽃이 아니었다. 꽃과 같이 한 송이 모양을 한 나신의 여체였다. 나신의 여자가 온몸을 웅크리고 누워있는데, 그 모습이 한 송이 목련꽃처럼 하얗고 밝게 빛이 났던 것이다.

놀란 성우는 급히 젖은 자신의 관복을 벗어 여자의 몸을 덮어 주었다. 일단 여기에 누워있는 여인은 누구이며 무슨 이유로 이곳에 벌거벗고 누워있는 것인가 하는 궁금함이 밀려들었다. 한참을 멍하니 서서 골몰히 생각을 해보지만, 해답은

얻기 힘들어 보였다.

움찔거리는 여인, 한 송이 목련처럼 뭉쳐 있다가 활짝 피어나듯 기지개를 켜면서 일어난다. 덮여 있던 관복이 흘러내려 바닥에 떨어졌는데도 당황한다거나 놀라서 몸을 움츠리지도 않고 당당히 서서 성우를 뚫어지게 바라본다.

성우는 시선을 옆으로 돌리고서 흘러내린 관복을 급히 여인에게 입혀 주었다. 아무 말도 하지 않고 성우의 얼굴만을 빤히 바라보고 있는 여인. 넓디넓은 꽃밭 한가운데 마주 보고 서 있는 성우와 나신의 여인. 여인은 다시 기절하듯 쓰러지고 말았다.

4

성우가 집무를 보는 건물을 관아라고 하는데 그 관아가 동쪽에 있어서 동헌이라고 부르며, 성우가 머무는 관저인 내아는 서쪽에 있어서 서헌이라고 부른다.

성우는 사람들의 눈을 피해 여인을 내아의 작은 방에 옮기는 데 성공한다. 아직 미혼인 성우는 정체불명의 여인을 관아에 들였다가 혹시 있을 구설수가 두렵기도 했지만, 일단 비거와 무관하지 않을 거라는 예상에 은밀히 여인을 다룰 필요가 있다고 생각했다.

성우는 은밀히 심복인 육손이를 시켜 여인이 입을 만한 옷가지와 물품들을 구해오게 했다.

꽃밭에서처럼 웅크리고 잠이 들어 있는 여인은 반나절이 넘도록 잠에서 깨어날 기미가 보이지 않았다. 방 안으로 밥과 먹을 것들을 넣어줬지만 하루가 다 지나도록 깨어나지도 음식을 먹지도 않은 것 같았다.

성우는 업무도 뒤로한 채 온 신경이 오로지 여인의 일거수일투족에 쏠려 있었다.

꽃밭에서 마주 보았던 여인의 나신이 제일 강력하게 뇌리에서 떠나지 않았고, 나신의 여인을 두 팔로 안고서 관아에 도착할 때까지의 기억들을 다시 떠올리자 자신도 모르게 몸이 후끈 달아오르는 반응을 보이는 건 어쩔 수 없는 총각의 몸이라 보인 반응일 것이었다.

성우는 여인이 잠들어 있는 작은 방으로 들어가지는 못하고 문을 살짝 열어 방 안을 살펴보았다. 여느 아낙네들과는 다른 피부색과 그 자태가 성우의 가슴을 뛰게 만들기 충분해 보였다. 윤기 나는 머리칼, 길고 가늘게 뻗어 있는 손가락, 조롱박처럼 매끈하게 빠진 귀의 모양까지, 소소한 짐들을 모아놓은 창고 같은 방이지만 여인이 들어온 이후부터 곰팡내 대신 은은한 꽃향기가 느껴지는 것 같았다.

5

모두가 잠든 깊은 밤. 여인이 작은 방문을 천천히 열고서 조심스러운 발걸음으로 나서고 있었다. 급히 마련해준 의복

이 불편할 만도 했지만, 그 역시 맞춤인 옷처럼 맵시가 나고 자태가 아름다워 보였다.

그녀는 관아를 벗어나 저수지에서 전해오는 꽃향기를 따라 무작정 걸어가고 있었다.

발걸음은 가볍고 우아했으며 심지어 여인의 등 뒤에서 뿜어져 나오는 배광이 주변을 더 환하게 만들고 있었다.

꽃밭에 도착한 여인 주변으로 여러 들짐승이 모여들었고, 심지어는 벌과 나비, 무수히 많은 벌레까지도 발광체를 쫓아 모이듯이 몰려들었다.

꽃밭 한가운데로 천천히 걸어 들어가는데 형형색색의 꽃들 사이에서도 단연 미모가 돋보였다. 깊게 숨을 내쉬고 들이마시고 하는 동작을 반복하며 꽃향기를 가슴 깊숙이 저장하려는 듯했다. 그녀의 표정은 포만감을 느끼는 듯 편안하고 행복해 보였다.

이런 여인의 모습을 멀리서 지켜보고 있는 성우가 보인다. 꿈속에서나 볼듯한 황홀한 광경에 넋을 놓고 바라보고 있었다.

'정녕 저 여인은 이 세상의 사람이 아니란 말인가?'

'비거에 실려 우리 세상과는 다른 곳에서 날아온 것이란 말인가?'

머릿속 모든 생각이 여인 하나로 가득 차 넘칠 것 같은 성우의 표정은 너무나도 혼란스러워 보였다.

성우는 나무 뒤나 담벼락 뒤에 몸을 숨겨가며 꽃밭에서

다시 관아의 방으로 잘 돌아가는지 그녀의 동선을 몰래 지켜
보며 따라가고 있었다.

6

성우는 여인의 뒤를 밟아 드디어 관아에 도착했다.

담 너머에서 방 안으로 들어가는 것을 본 후, 자신의 방으
로 발길을 돌리려는데 갑자기 눈앞에 육손이가 나타났다.

"엄마야!"

성우는 화들짝 놀라며 가슴을 쓸어내렸다.

"나으리도 엄마를 찾으시네요."

"아이고 이놈아, 인기척도 없이 그렇게 불쑥 나오면…."

"죄송합니다, 이 늦은 밤에 나으리께서 방에 안 계시는 걸
알고서 제가 어떻게 잠을 청하겠습니까? 관아의 안팎을 구석
구석 찾으러 다녔습니다요."

"별일 없으니 그만 가서 쉬거라."

"네, 나으리."

돌아서는 육손이를 붙잡는 성우, 조용히 당부한다.

"작은 방에 묵고 계신 여자 손님에 대한 얘기는 절대로, 절대로 누구에게도 말해서는 안 될 것이다. 너는 꿈에서라도 본 적이 없는 것이야, 알겠느냐?"

"네, 걱정 마십시오."

성우는 방에 들어가서도 방문을 살짝 열고 맞은편 여인의 방을 물끄러미 바라보고 있었다.

성우는 여인의 안위가 걱정되어 잠자리에 들어서도 잠들지 못하고 뒤척이다 아침을 맞이하게 되었다.

두 개의 밥상을 차려 내오는 육손이, 하나는 성우의 방 앞에 갖다 놓고 또 하나는 여인의 방 앞에 갖다 놓는다.

성우는 밥을 먹으면서도 살짝 열린 문틈으로 여인이 밥상을 들여 먹는지를 살피고 있었다.

밥상을 물리고서 여인의 방 앞으로 다가가 헛기침으로 여인의 반응을 살피지만 아무런 반응이 없었다.

다시 헛기침을 하고 문고리를 잡아 흔들어봤지만 여인의 반응이 없었다

심호흡을 한 후 문을 두드리며 성우는 조심스럽게 방문을 열었다.

"기침은 하셨습니까?"

문을 열자마자 확 풍겨 나오는 꽃향기, 꽃밭에서 맡았던

향기보다도 더 진하고 강렬하게 성우의 코끝을 자극했다.

방 안에는 바른 자세로 앉아서 책을 읽고 있는 여인의 모습이 보였다.

"일어나신 줄도 모르고…. 조반을 준비해왔는데 드시지요."

책을 읽다가 성우와 눈이 마주치는 여인은 성우가 한 말을 토씨도 빠뜨리지 않고 똑같이 따라 했다.

"일어나신 줄도 모르고…. 조반을 준비해왔는데 드시지요."

그리고는 여인은 나지막이 읊조렸다.

"天地之間 萬物之衆 惟人最貴(천지지간 만물지중 유인최귀), 하늘과 땅 사이 있는 것들 중에 오직 사람이 가장 귀하다."

여인의 앞에 놓여있는 책을 보니 '동몽선습'이라고 적혀있었다.

"한자로 적혀 있는 책인데 읽으실 수가 있었습니까?"

여인은 다시 성우의 말을 그대로 따라 했다.

"한자로 적혀 있는 책인데 읽으실 수가 있었습니까?"

성우는 반복되는 상황이 의아했지만 잠시 골똘히 생각을
하다가 뭔가를 알아챈 듯 말했다.

"아, 이렇게 제 말을 따라 하시면서 말을 배우시는군요?"

다시 성우의 말을 따라 했다.

"아, 이렇게 제 말을 따라 하시면서 말을 배우시는군요?"

성우는 책꽂이에 꽂혀 있는 책 중에 천자문을 꺼내 여인
에게 건네주었다.

"이 책보다는 이 책을 먼저 읽는 게 순서일 것 같네요. 우
리네의 말을 제일 빨리 배우고 이해할 수 있는 책입니다."
"이 책보다는 이 책을 먼저 읽는 게 순서일 것 같네요. 우
리네의 말을 제일 빨리 배우고 이해할 수 있는 책입니다."
"이 책을 읽는 동시에 제가 하는 말을 따라 하면 금방 배
우실 것 같습니다. 너무나도 놀랍고 대단한 능력이네요."
"이 책을 읽는 동시에 제가 하는 말을 따라 하면 금방 배

우실 것 같습니다. 너무나도 놀랍고 대단한 능력이네요."

성우는 빙긋 웃으며 문 앞에 있는 밥상을 방 안으로 들여
서 여인 앞에 놓아줬다.

"입에 맞을지 모르겠지만 이곳에서는 이렇게 조반을 먹
는답니다. 시장하실 텐데 드시지요."

여인은 성우의 말을 따라 하지 않고 망설이듯 주저하다
가 처음으로 자신의 말을 하기 시작했다.

"저는 당신네들처럼 음식물을 먹고 살지 않습니다. 저희네
는 꽃향기를 충분히 마시는 것으로 힘을 얻고 생활한답니다."

성우는 처음에는 놀랍지만 이내 이해가 간다는 표정으로
고개를 심하게 끄덕였다.

"우리처럼 먹지 않으면? 먹지 않고도 살 수 있다면?"
"저희가 사는 곳에서는 이곳의 인간들처럼 먹고 배설하
는 일들은 필요하지가 않습니다. 하루에 한 번 꽃향기를 충분
히 들이마시는 것으로 충분한 것이지요."

여인은 눈을 감고 책에서 읽은 내용을 한숨에 읊조린다.

"입은 음식물이 들어가는 입구다. 음식물이 몸에 들어가야 생기가 확보되고 생명이 유지될 수 있다. 사람이 먹는 음식은 땅의 지기(地氣)를 받고 자란 것들이다. 따라서 입은 땅이 주는 지기가 들어가는 곳이다.

　　코는 천기(天氣)가 들어가는 곳이다. 천기를 흡입하는 코와 지기를 섭취하는 입 사이에 있는 부위가 바로 인중(人中)이다.

　　인중의 위쪽에는 구멍이 두 개씩 있다. 콧구멍 두 개, 눈 구멍 두 개, 귓구멍 두 개씩이다. 인중 아래쪽에는 구멍이 한 개씩 있다. 입이 한 개, 항문 한 개, 요도 한 개씩이다. 사람은 인중 위에 여섯 개의 구멍이 있고 인중 아래에 세 개의 구멍이 있어 총 아홉 개의 구멍이 나 있다. 여자는 하나를 더해 열 개의 구멍이 나 있다.

　　허나 저희는 섭식을 하지 않으니 인중 아래에는 구멍이 없습니다."

　　성우는 놀라서 한참을 입을 다물지 못하고 있었다.

　　여인의 언어 학습능력에 놀라고 또 사람과 다른 신체구조로 되어 있다는 것에 한 번 더 놀라게 되었다.

　　"아, 저의 벼슬은 종육품 현감으로서 헤이리의 수령입니다. 이름은 정성우라고 합니다, 인사가 늦었습니다."

　　"저도 이름이 있습니다만 저희 언어로는 말하고 알아듣기가 어려우니⋯."

천자문을 펼쳐서 제일 처음에 눈에 들어오는 두 글자를 손가락으로 짚는다.

"날(日), 달(月), 일월이라 하면…."
"일월…. 좋습니다. 앞으로 일월이라고…. 일월 낭자라고 부르겠습니다."

성우는 밥상을 들고서 방을 나선다.
문득 생각이 났는지 밥상을 든 채로 여인에게 말했다.

"다른 사람들에게는 저의 먼 친척 여동생이라 말할 것입니다. 앞으로 계시는 동안 불편한 것이 있으면 저에게 말씀하십시오."
"저도 지금은 어떻게 될지 모르겠습니다. 여러모로 신경 써주셔서 감사합니다."
"궁금한 점도 많고 물어볼 것도 많지만 앞으로 천천히 시간을 가지고 풀어보겠습니다. 일월 낭자!"

마루에 서서 밥상을 들고 있는 모습을 발견한 육손이가 깜짝 놀라 달려와 밥상을 성우에게서 잡아 뺏는다.

"나으리가 이걸 왜? 오늘도 밥을 안 먹는 답니까?"
"앞으로 이 방에는 밥 차리지 말도록 해라. 어허, 이유가 있으니까 너는 시키는 대로만 하면 되느니라."

"네, 알겠습니다요."

"혹시나 누가 물어보거든 내 먼 친척인데 몸이 아파 요양을 하러 왔다고만 답하거라. 알겠느냐?"

"네, 분부대로 하겠습니다."

7

일월과 마을의 아이들이 꽃밭에서 함께 뛰어놀고 있었다. 그녀는 갖가지 꽃잎을 뜯어 아이들의 입에 넣어주었다. 달콤하고 향긋한 꽃잎일 뿐인데 맛있게 먹고 배도 부르다고 좋아했다. 그녀는 아이들의 얼굴이나 몸에 난 부스럼과 상처에도 꽃잎을 으깨 짠 즙을 발라주고 있었다. 신기하게도 금세 상처에 새살이 돋고 상처가 낫게 되니 아이들의 얼굴에 환한 미소가 떠나지 않았다. 성우와 육손이는 이런 풍경을 멀리서 바라보고 있었다.

"어디서 어떻게 살다가 왔는지 모르겠지만 여기에 이러고 있는 게 힘들지는 않은가 보네유."

"나도 묻고 싶은 것이 많지만 아직 정리가 되질 않는구나. 사서삼경을 배운 나로서도 이해되지 않는 것이 너무 많아⋯. 도대체 이게 무슨 일인지⋯."

"그렇담 그 큰 비거를 타고 왔으니 나중엔 다시 또 큰 비

꽃밭에서

거가 와서 데려갈 수도 있겠네유."

"이놈아, 나도 머리가 어지러워 모르겠다 하지 않느냐. 일월 낭자에게 천천히 물어볼 터이니 재촉하지 말거라 알겠느냐?"

"어쨌거나 저쨌거나 비거가 온 다음에 우리 마을에 비가 오기 시작한 거는 사실이고 환자들이 꽃물을 마시고 전염병도 다 나아서 죽어가던 마을이 다시 살아난 것은 확실한 거 아니겠습니까? 맞쥬?"

"그렇지 맞는 말이지…."

"낭자님이 비거에서 떨어졌는지 아니면 우리 마을 구경하러 내렸다가 못 탄 채 떠났던지, 비거를 타고 온 것이 확실하다면 어쨌든 낭자님이 우리 마을의 은인인 것은 누구도 아니라고 말 못 할 것인데…."

"그 말도 맞는 말인데…."

"참, 근디…. 낭자님은 몇 살이나 잡수셨나요? 그건 물어보셨어유?"

"앗, 그걸 안 물어봤구나. 아차차, 니가 보기에도 나보단 동생으로 보이지 않더냐?"

"우리네처럼 1년에 한 살을 먹는지 어떤지도 모르는 것 아닌가유?"

"니놈 요새 많이 똑똑해지고 있는가 보다? 궁금한 게 너무 많아. 말이 많아졌어."

"아유, 나으리. 제가 똑똑하다니요. 나으리 심심하실까 봐

옆에서 장단을 맞추고 있을 뿐입죠."

얄밉지만 어쩔 수 없는 심복인 육손이었다. 한 대 쥐어박고 싶지만 성우보다 다섯 살은 더 먹었고, 한 뼘은 더 큰 키에 우락부락한 인상에다 어깨도 떡 벌어진 장사의 골격을 가지고 있어서 처음 만났을 때는 하대하는데도 조심스러웠던 놈이었다.

"나으리, 그러면 여름이 지나 꽃들이 다 떨어지면 낭자님은 어떻게 되는 건가유? 꽃 냄새가 밥이라 했는데 밥이 없어지면 뭘 먹고 살려고, 꽃이 다 지면 돌아가시려나?"
"…음…."

성우도 이 점이 가장 궁금하고 물어보고 싶은 내용이었다. 하지만 차마 일월에게 묻지 못했다.

정말로 꽃이 지면 떠날까 봐 제일 두려워지고 있는 것이 바로 성우였기 때문이었다.

축 처진 어깨로 관아를 향하고 있는 성우의 발걸음은 유난히 무거워 보였다

바쁜 걸음으로 성우를 앞질러 가는 육손이가 뒤돌아보며 성우에게 한마디를 던졌다.

"참, 나으리. 일월 낭자님 걸어갈 때나 움직일 때 보면 우

리처럼 그림자가 안 보이던데 안 생기는 건가? 혹시 알고 계셨어요?"

성우는 다시 한번 놀라운 이야기를 듣고 놀랐지만 말도 안 된다고 일단 생각했다. 그렇지만 정말인지 확인하고 싶어졌다.

—— 8 ——

달빛도 없는 어두운 밤이었다.

서쪽 먼 하늘에서 무언가가 번쩍하는 섬광이 터지며 혜이리를 향해 빠르게 날아오는 것이 보였다.

저번에 일곱 개의 섬광이 날아오던 것과는 달리 이번에는 한 개의 섬광이 날아오고 있었다. 점점 가까워지자 전보다는 작은 크기의 비거가 꽃밭 위를 한 바퀴 돌다가 검은 물체 하나를 '툭' 하고 떨어뜨리더니 다시 서쪽 하늘로 멀리 날아가 버렸다.

꽃밭 위에 떨어진 것은 검은 물체가 아니라 검은 형체의 동물처럼 보였다. 사람보다 크진 않지만 자유자재로 움직이고 있었다. 꽃밭을 벗어나 빠른 속도로 달려 어디론가 사라져 버렸다.

9

헤이리 꽃밭의 신비함은 한양에까지 소문이 났을지도 모른다. 꽃으로 전염병을 고쳤다, 죽을병이 나았다, 심지어는 꽃을 먹으면 불로장생의 불로초라는 소문이 주변 마을을 넘어 멀리 퍼져 나갔기 때문이었다.

넓디넓은 저수지를 꽉 채운 꽃들이지만 여기저기서 소문을 듣고 온 사람들이 어두운 밤이나 새벽을 틈타 꽃을 꺾어가는 일이 점점 많아졌다.

꽃밭이 훼손되고 있다는 사실이 성우의 귀에도 전해졌다. 성우는 이 사태를 막으려고 관군들을 교대로 보초를 세워보기도 했지만, 한 명의 도둑을 열 명이 지키기 어렵다는 옛말처럼 꽃밭의 훼손은 점점 심해져 가고 있었다.

죽어가는 마을을 살려주었던 꽃밭이었다. 그런 꽃밭의 훼손이 계속됨과 동시에 일월의 얼굴에서 밝은 미소와 웃음이 떠난 것이 우연이 아니었다.

일월에게는 원래 그림자가 없던 것이 사실이었다.

일월은 자신의 나라에서 왕의 외동딸로 모든 관심을 한 몸에 받던 공주였다.

비거 여행을 왔다가 불시착한 비거에서 잠시 내렸다가 탈출 아닌 탈출이 되었던 것이다. 일월의 나라에서는 비상사태로 인식하고 일단 공주를 보호할 수 있는 경호원인 그림자를 보낸 것이다.

성우가 일월의 안위를 걱정했던 것을 일월의 그림자가 도맡아 챙겨주게 되었다.

일월의 근처에 가는 것도 부담스럽게 되었고, 대화를 나눠본 지도 너무 오래된 기억이었다.

일월이 꽃밭에 나가 전처럼 아이들과 시간을 보내려 해도 항상 그림자가 경호원처럼 따라붙어 사람들을 불편하게 만들었다. 아이들의 눈은 정확해서 전과 다름을 바로 알아채고 자신들이 가지고 있는 그림자와는 확연히 다른 그림자의 존재를 여기저기 떠들고 다니기 시작했다.

마을 사람들은 일월이 비거와는 상관없는 수령의 친척 여동생으로 알고 있었다. 이런저런 소문을 들은 마을 사람들은 일월이 자신들과는 너무나 다른 존재라는 것을 조금씩 알아챘다. 점점 마을 사람들이 자신을 힐끗거리며 바라보고, 지나가면 뒤에서 수군거린다는 것을 일월이 모를 리 없었다. 그림자를 떼어낼 수도 없는 난감한 상황이 원망스러웠고, 그림자 없이 자유롭게 지냈던 시절이 그리워졌다. 그림자를 떼어내려 아무리 노력을 해도 소용없다는 것은 누구나 아는 당연한 것이었고 일월에게도 예외는 아니었다.

짧았지만 일월이 마을에 온 후, 즐겁고 행복했던 기억은 성우에게도 큰 기쁨이었는데 다시 그때로 돌아가는 것이 쉽지 않았다. 멀리서 바라보아도 눈에 띄게 일월의 안색이나 건

강이 좋지 않아 보여 성우의 걱정이 점점 커지고 있었다.

11

짧았지만 행복했던 시간이 끝나가고 있다는 느낌은 성우와 일월, 둘 다 동시에 느끼고 있는 것 같았다.

모든 사람이 의식하지 못하고 살고 있던 그림자의 존재가 이렇게도 불편하고 거추장스러운 존재라는 것을 느끼는 순간부터 모든 불행이 시작되었던 것 같았다.

처음에 이름 모를 꽃들로 만발하던 저수지 꽃밭은 더 이상 예전의 아름다움을 찾기 어려워졌다.

꽃이 지거나 없어졌다는 것은 바로 일월이 더 이상 헤이리에서 함께 하지 못한다는 것과 같은 의미였다.

달이 환하게 뜬 밤이 찾아오고, 일월은 그림자에 이끌려 꽃밭으로 따라가고 있었다.

오늘 떠나야 한다는 것을 알고 있었지만 차마 누구에게도 마지막 작별인사를 하지 못했다.

멀리서 커다란 섬광이 온 마을을 환하게 비추고, 커다란 비거가 드디어 꽃밭 위로 사뿐히 내려앉았다.

많은 마을 사람이 지켜보는 가운데 비거의 옆문이 서서히 열리고 일월은 그림자에 이끌려 무거운 발걸음을 옮기고 있었다.

짧았지만 행복했던 헤이리에서의 추억을 뒤로하고 일월

이 비거 안으로 들어가려는 순간, 숨어있던 육손이가 달려들어 일월에게 붙어있던 그림자를 꽉 끌어안고서 비거 안으로 들어가 버렸다. 일월은 잠시라도 그림자와 분리되어 자유의 몸이 되었다.

뒤돌아 마을 사람들을 바라보는데 이 순간을 놓치지 않고 성우가 빠르게 달려와 일월을 끌어안는다.

일월과 성우의 포옹은 한참을 지나도 끝날 줄 모르고 계속되었다.

비거 안에서는 그림자와 육손이와의 거친 몸싸움 소리가 밖으로 들려왔다.

일월과 성우가 드디어 입을 맞추고 비거는 떠오르기 위해 색색의 화려한 조명을 뿜어내며 시동을 걸고 있었다.

결국 싸움에서 이긴 그림자가 육손이를 비거 밖으로 몰아내고는 일월의 손을 잡고는 성우도 밀쳐내 버렸다.

성우와 육손이는 꽃밭에 쓰러진 채 눈물을 흘리며 비거 안으로 끌려 들어가는 일월의 마지막 모습을 바라볼 수밖에 없었다.

옆문이 닫힌 비거는 서서히 공중으로 떠올랐다. 공중에서 여러 번 원을 그리며 유영하다가 '휙' 하고 빠르게 날아가 버렸다.

12

저수지에는 다시 예전처럼 많은 꽃이 아름답게 피어났다.
하지만 비거와 일월 공주가 헤이리에 왔다가 간 것을 봤거나
기억하는 사람은 아무도 없었다.

　나의 데뷔작이 될 뻔 했던 영화의 엔딩 크레딧에서 내 이름을 찾아 볼 수 없었다.

　내 아이디어로 내가 쓴 시나리오였지만 제작사에선 신인작가의 이름보단 좀 더 인지도 있는 작가의 작품이길 바랐던 것 같다. 결국 유명작가에게 의뢰해 소설로 만들게 했고, 그 소설이 다시 시나리오로 각색되어 영화가 만들어졌고 개봉되었다.

　돌아보면 크게 이슈가 되고 흥행이 된 영화는 아니었지만, 개인적으로는 너무나 억울하기도 하고, 험난한 데뷔 과정을 겪게 한 아쉬운 작품이었다.

　소설 원작이라는 타이틀이 영화 포스터에 당당하게 적혀 있던 때가 있었다. TV 드라마도 <베스트셀러극장>이라는 타이틀로 제작을 했었던 시절이니까.

　지금은 웹툰이나 웹소설에 그 자리를 내준 지 오래지만, 내가 선택할 영화나 드라마가 이미 대중들에게 큰 호응을 받은 적이 있다는 보증서를 확인하려는 심리는 예전이나 지금이나 다르지 않은 것 같다.

시나리오는 내 손에서 떠나더라도 많은 사람들에 의해 가공되고 수정되는 과정을 거치지만 소설은 활자화된 후엔 아쉽더라도 되돌릴 수 없는 성격을 가지고 있기에 더욱더 부담되는 작업이다.

결국 영상화를 위한 전초기지의 역할을 언저리 프로젝트가 잘 보여주었으면 좋겠고 참여하도록 제안을 주신 시공사의 김경섭 본부장과 김철웅 감독에게 감사의 인사를 전한다.

작가 소개

서울예술대학교 문예창작과에서 소설과 시를 공부했다.

영화 <언더그라운드>의 카피를 300개 정도 쓴 것 중에 하나가 통과되어 화천공사 기획실에 입사했다. 세 편의 외화를 개봉한 후, 기획실이 해체되면서 각종 드라마, 시나리오 공모에 도전하다가 영화 <강적>의 시나리오를 쓰고 영화 <연애>의 조감독으로 제작에 참여했다.

한국시나리오작가조합에 소속되어 사무국장, 대표 등을 역임하며 시나리오 표준 계약서 이행협약 체결에 일조했다.

영화진흥위원회 산하의 조직인 기획개발센터 '씬원'에서 1년간 총괄매니저 역할을 수행했다.

검은

이아엉

봉지

집에서는 쓰레기 냄새가 났다.

장미빌라의 꼭대기 층에서 살게 된 건 큰 행운이었다. 양계장 마냥 따닥따닥 붙어 생활 소음이 심했지만, 누군가 용변을 보고 변기 물 내리는 소리는 듣지 않을 수 있었다.

물론 여름은 고역이었다. 승강기가 없어 땀이 체 밭치듯 흘러내리는 날에도 숨을 할딱할딱 거리며 계단을 올라야 했다. 3층을 향하는 마지막 계단에 발을 내디디면 허벅지에 알싸한 고통이 느껴졌다. 잠시 쉬어갈지를 고민하다 한숨을 내쉬고 다시 계단을 올랐다. 그때부턴 내 몸에서 흐르는 땀 냄새와 거친 숨 냄새 외에 다른 냄새가 스멀스멀 밀려오는 것이 느껴졌다.

먹다 남은 과일 몇 조각이 부엌 구석에서 썩어 나는 냄새일까. 국 찌꺼기들을 방치하다 냄비까지 통째로 버릴 지경이 됐을 때, 뚜껑을 연 냄새일까. 비릿하면서 시큼한 것은 썩은 생선의 내장 냄새다.

열쇠 구멍에 열쇠를 넣어 잠가 놓았던 것들을 풀어냈다. 냄새는 기다렸다는 듯 밀려 나왔다. 악취. 썩은 내. 저것들도 처음엔 군침 도는 냄새였다. 침샘을 자극하던 맛있는 냄새들은 시간이 흐르며 구역질 나는 냄새로 변했다. 따뜻한 젖내 나던 아기들이 나이를 먹어 가며 발 냄새, 입 냄새, 체취를 풍기듯, 우리 집의 모든 것도 그렇게 존재의 냄새를 풍겼다. 이곳은 마치 쓰레기처리장 혹은 하수처리장. 그게 아니라면 어딘가에서 누군가 죽어 썩고 있으리라.

죽어가는 것은 냄새가 난다.

크게 숨을 들이쉬며 냄새를 맡았다. 눈구멍, 입 구멍, 콧구멍, 귓구멍, 땀구멍, 구멍이란 구멍에 맹렬히 침입한 냄새는 몸 여기저기를 따갑게 만들었다. 몸이 가렵기 시작했다. 눈물과 함께 목구멍에서는 구역질 섞인 기침이 쏟아졌다. 천천히 숨을 쉬며 썩어가는 것들을 받아들였다. 후각이 둔한 것에 매번 감사함을 느끼며 걸음을 내디뎠다.

한 발자국 끝에 물컹한 것이 느껴졌다. 한 발자국 또 걸음을 내딛자 양말이 젖어들었다. 음식물 쓰레기를 밟은 모양이었다. 발 디딜 곳을 더듬어 보지 않은 건 실수였다. 양말을 벗어 쓰레기 더미를 향해 내던졌다. 다시는 찾지 못하도록.

방이 두 개 딸린 장미빌라 502호는 온통 쓰레기로 가득했다. 신발장부터 부엌 겸 거실, 화장실마저도. 먹구름처럼 온

집을 쓰레기 봉지가 가득 메웠다. 검은 봉지 안에 포장된 쓰레기는 밟아 터트려 봐야만 그 정체를 알 수 있었다. 종이나 스티로폼 같은 재활용이 터져 나온다면 다행이었고, 깨진 유리나 음식물 쓰레기가 나올 때는 피를 보거나 역겨운 냄새를 씻어내기 위해 비누를 문질러대야 했다.

냄새나는 집에서 쓰레기가 없는 유일한 곳은 작은 방이었다. 검은 봉지가 쌓일 때, 기어코 작은 방을 지켜냈다. 방문을 닫았다. 현관부터 참아왔던 숨을 내뱉었다. 미처 막지 못한 쓰레기 냄새가 방 안에서 느껴졌다. 팔로 냄새를 괜히 휘저었다. 곧 팔에 냄새가 묻은 것 같아 찝찝했다. 물휴지로 대충 팔을 닦고 침대에 누웠다. 냄새 때문에 예민했던 몸이 풀어지며 잠이 쏟아졌다.

처음으로 장미빌라에 이사 왔던 건, 20년 전의 일이었다. 새로 지은 빌라였지만, 근처에서 살인사건이 일어나 입주하겠다는 사람이 없었다. 그 덕에 서울에서 계속 살 수 있었다. 새로 만든 집, 아무것도 없는 새 하얀 집. 작은 발로 한참을 뛰어다녔다. 마르지 않은 페인트 냄새, 벽지에 바른 풀 냄새를 맡으며 '이 집은 우리 집이야'라고 되뇌었다. 새로 만든 하얀 집.

눈을 뜨자 방은 온통 어두웠다. 새로 만든 하얀 집은 어디에도 없었다. 밥 먹으라고 부르는 엄마의 목소리가 들렸다. 숨을 참고 거실로 나가 배달 음식 한 그릇을 들고 방으로 들어왔다. 어느 순간부터 엄마는 집에서 음식을 하지 않았다. 쓰레기로 뒤덮인 이곳에서 요리를 한다는 것은 불가능했지만, 엄마가 요리를 하지 않고 나서부터 쓰레기가 쌓인 것 같기도 했다. 어느 것이 먼저인지 알 수 없었다.

배달 음식은 짜장면이었다. 엄마도 쓰레기 냄새가 창피하긴 한지 일층까지 내려가서 음식을 받아오곤 했다. 가끔 그릇을 찾으러 장미빌라 502호를 방문한 배달원들은 그다음부터 주문 전화를 의도적으로 피했다. 엄마는 재료가 없다, 오늘은 배달을 안 한다는 종업원의 변명을 곧이곧대로 믿어주었다.

어둠 속에서 짜장면을 먹으며 휴대폰으로 음악을 들었다. 빠른 기계음마저 잔잔하게 들렸다. 세차게 돌고 있는 냄새 외에 모든 것이 천천히 흘러갔다. 스멀스멀 방 안으로 쓰레기 냄새가 밀려들어 왔다. 초침소리가 들릴 때마다 집 안의 쓰레기 냄새는 더 진해지고 있었다.

월드 스타 A의 향수회사에서 시향을 하게 된 건 1년 전부터였다. 고등학교 졸업 후 재활시설의 도움으로 점자책에 점자를 박아 넣기도 하고, 통조림 공장에서 귤껍질 까는 일도 했지만 얼마 가지 않아 공장에 그만 나오라는 연락을 받았다.

쓰레기 냄새를 피해 붙박이장처럼 작은 방에 박혀 있길 한 달째, 향수 제조회사에서 면접을 보러 오라는 연락을 받았다. 엄마에게 면접 소식을 전했다. 엄마는 곧장 수화기를 들어 콜택시를 불렀다.

택시가 한 시간 후에 도착한다는 말을 듣고 외출할 준비를 했다. 몸에서는 묵은 쓰레기 냄새가 났다. 썩은 내를 풍기며 향수회사에 갔다간 당장에 나오지 말라는 통보를 받을 것이었다.

옷을 벗고 화장실로 들어가 뜨거운 물에 몸을 적셨다. 충분히 젖어든 몸에 비누 묻힌 때밀이 수건을 마구 문질렀다. 피부가 빨갛게 달아오를 때가 돼서야 다시금 물을 틀었다. 물이 닿은 피부에서 살 익는 냄새가 났다.

화장실은 그나마 쓰레기 냄새가 덜 나는 곳이었다. 물 냄새가 쓰레기 냄새를 잠재운다는 것은 8월 장마철에 알게 되었다. 봄과 가을 사이 장미빌라를 향하는 햇살은 유독 날카롭다. 검은 봉지들은 곧 터질 것처럼 부글부글 끓어올랐다. 잔뜩 성난 그것들을 밟는 날엔 뜨거운 쓰레기 국물에 발을 데였고, 검은 봉지에서 태어난 구더기들이 내 발가락 사이사이를 기어 다녔다.

30도가 넘어가는 한여름에는 구역질 섞인 기침을 달고 살았다. 악취는 맵고 뜨거운 국물이 식도를 넘어가지 못해 사레들게 하듯 기도를 넘어가지 못했다. 여름날을 하루 이틀 그렇게 버티다 보면 시꺼먼 하늘에서 빗방울이 떨어졌다. 비 비린내. 집에 비가 들이쳐도 문을 닫지 않았다. 산성을 가득 담은 습기들은 더위와 함께 쓰레기 냄새도 씻겨냈다. 물 먹은 쓰레기 냄새가 더 지독하다는 것은 잠시 잊기로 했다.

택시 도착했대. 엄마의 말에 샤워기를 잠갔다. 숨을 가다 듬고 쓰레기 봉지가 터지지 않도록 조심하며 현관문으로 향했다. 장미빌라 3층을 지나치니 쓰레기 냄새가 옅어졌다. 택시에 앉아 옷 냄새를 맡았다. 아무 냄새도 나지 않았다. 면접을 잘 볼 것 같은 예감이 들었다.

향수회사가 있는 빌딩에 들어서자 인공적인 라벤더 향이 났다. 마트에서 흔히 파는 방향제 냄새였다. 정해진 시간마다 향을 분사하도록 한 것인지, 냄새는 매우 진했다. 실장이라는 사람이 삼십 분 전부터 마중을 나와 있었다.

최초의 월드 스타 A의 향수였지만 사업 초창기라 8층짜리 건물 6층 사무실을 하나 빌려 사용하는 정도였다. 사무실 직원은 다섯 명으로 서로 이름을 불렀다. 분주히 움직이던 그들은 실장에게 인사를 건넸다.

오랫동안 월드 스타 A의 로드 매니저 일을 해온 실장이 향수 사업의 총책임자였다. 월드 스타 A에게 향수 사업을 해보자고 부추긴 사람도 실장이었고, 실장이 향수 사업에 투자한 금액도 상당하다고 했다.

실장이 사무실 안쪽에 있는 작은 테이블로 이끌었다. 의자에 앉아 차를 내오는 동안 몸에서 냄새가 나는지 다시 한 번 확인했다. 건물에서 나던 라벤더 향이 옷에서도 올라왔다. 그때야 똑바로 자세를 잡고 앉았다. 회사 분위기 어때요? 실장은 그 말과 함께 면접을 시작했다.

냄새는 많은 것을 품었다. 냄새를 맡으면 그 사람에 대해

많은 것을 알 수 있었다. 사람의 몸은 냄새를 풍기고 자신의 존재를 알리려고 했다. 실장을 마주 대하며 그에게서 나는 냄새를 맡았다. 라벤더 향. 건물을 드나드는 사람에게는 은은한 라벤더 향이 몸에 배어 있었다.

실장이 말을 할 때마다 구강청결제의 민트 냄새와 담배 냄새가 올라왔다. 두 냄새는 묘하게 섞여 후각을 자극했다. 구강청결제를 사용하여 관리하지만 담배 냄새를 감출 수 없었다. 오랫동안 담배를 피웠으리라.

실장은 시큼하고 오래된 호두 냄새를 가졌다. 나이가 들면 몸 이곳저곳에 세월의 흔적이 생기듯, 체취에도 나잇내가 들었다. 실장의 나이는 오십대 중후반 정도. 몸을 씻고, 다른 향으로 덮어도 나잇내는 지울 수 없었다.

시큼하고 오래된 호두 냄새가 나는 사람들을 기억했다. 그들은 모두 권위적이었고, 하고자 하는 일은 어떻게든 이뤄냈다. 체취에 약간씩 차이는 있지만, 실장도 그들과 다르지 않을 터였다.

그가 이력서를 넘기며 월드 스타 A에 대한 자랑을 쏟아냈다. 한국은 물론이거니와 세계적인 성공을 이뤘다는 둥, 연예인 중에 향수 사업은 최초라는 둥. 마지막으로 '뭐 물론 한 번도 본 적은 없겠지만' 이 말은 빼지 않고 붙였다.

특별한 면접은 없었다. 실장은 향수의 베이스가 되는 네 가지 허브 오일을 맡게 했다. 다시 무작위로 향을 맡게 했고 무슨 향이냐고 물었다. 실장이 건넨 면접 문제는 라벤더였다.

검은 봉지

건물을 들어서면서부터 맡았던 라벤더 향. 1층에서 맡았던 라벤더 향은 알코올에 희석된 향이었다면, 실장이 내게 건넨 오일 라벤더는 응축되어 강한 냄새를 풍겼다. 역시 후각이 예민하군요. 오일 향을 여러 번 맡으면 코가 둔해지는데. 그는 꽤나 흡족한 듯 보였다.

실장과 함께 향한 곳은 연구실이었다. 디자이너와 연구원을 둔 연구실은 사무실 맨 뒤쪽에 자리하고 있었다. 사무실 직원이라고 해도 연구실에는 함부로 들어갈 수 없었다. 연구실 직원과 총책임자 실장만이 연구실 출입이 가능했다. 연구실에 푹신한 의자를 갖다 놓는 것으로 업무 준비가 끝났다.

엄마가 장미빌라 1층에서 기다리고 있었다. 택시에서 내리자마자 엄마는 회사에 대해 물었다. 면접에 합격했다는 말에 엄마의 목소리가 상기된 것처럼 들렸다. 그날 외식을 했다. 쓰레기 냄새가 나지 않는 깔끔한 식당이었다.

장미빌라로 돌아왔을 때, 현관문 밖까지 전화소리가 울렸다. 소리는 멈추더니 다시 거세게 들려왔다. 엄마는 얼른 문을 열고 전화를 받으러 달려갔다. 작은 방으로 향하던 발걸음을 멈춘 건 '당신이야?'라는 엄마의 말 때문이었다. 아빠의 전화였다.

엄마가 쓰레기를 내다 버리지 않기 시작한 건 장미빌라에 이사 오고 얼마 되지 않아서였다. 다른 사람에게 잘 보이기 위해 스스로를 포장하던 엄마는 결국 빚을 만들었다. 엄마가 만든 억대의 빚은 우리 집이 경매에 넘어간다는 통고장을 받은 뒤 수면 위로 드러났다. 그때까지 아무도 몰랐다.

검은 옷을 입은 사람들은 집 안에 있는 돈 될만한 모든 것에 검은 딱지를 붙였다. 검은 딱지가 붙지 않은 것은 옷가지와 가훈이 적힌 액자뿐이었다. 아빠는 그날 가훈이 적힌 액자를 거실 바닥에 내던졌다. 액자는 산산조각이 났다. 깨진 유리 조각 사이로 가훈이 날카롭게 빛났다. 남을 먼저 생각하자.

운 좋게 장미빌라 502호를 얻었지만, 엄마는 장미빌라를 창피해했다. 집에 아무도 데려오지 마. 엄마가 세뇌하듯 하는 말이었다. 남들에게 보여주기에 당당한 집. 엄마에겐 꼭 필요한 것이었다.

그 무렵 엄마는 복권을 샀다. 16평의 작은 빌라를 32평의 복층 빌라로 둔갑시켜 말하는 것이 전부였던 엄마에게 복권은 유일한 희망이었다. 복권을 사들이는 날이 잦아졌다. 토요일 저녁이 되면 어김없이 TV 앞에 앉아 복권 추첨 방송을 보았다. 투명한 원형 통 안을 데굴데굴 굴러 떨어지는 숫자 공 하나에 엄마는 울고 웃었다. 네 자리의 숫자를 맞추기도 하고, 다섯 자리의 숫자를 맞추기도 했지만 여섯 자리의 숫자를 맞추는 날은 단 한 번도 없었다.

어느 날부터 엄마는 복권 추첨 방송을 기다리지 않았다. 의례적으로 복권을 샀고 맞추지는 않았고 쌓인 복권을 검은 봉지에 넣어 보관했다. 하나는 무조건 당첨이야. 그날도 엄마는 복권을 샀다.

복권이 든 검은 봉지가 하나 둘 늘어가면서 쓰레기를 담은 검은 봉지도 늘어갔다. 엄마는 검은 봉지를 버릴 수 없었다. 검은 봉지 안에 당첨된 복권이 있을 거라 굳게 믿었다.

쓰레기 봉지를 내다 버리기라도 하면 엄마는 비가 오는 날에도 쫓아와 욕을 한 바가지 붓고 쓰레기를 다시 가지고 올라갔다. 엄마 몰래 쓰레기를 버리면 어떻게 알았는지, 다음 날 쓰레기 두 봉지를 들고 왔다. 장미빌라 5층에 검은 봉지가 쌓여갔다.

아빠와 엄마는 자주 다퉜다. 집에 쌓여가는 검은 봉지 때문만은 아니었다. 아빠는 도통 집에는 관심이 없었다. 처음부터 그랬던 것은 아니었다. 아빠가 힘들게 장만한 아파트가 경매로 넘어가면서부터였다. 장미빌라는 '들어갈게'가 아닌 '들를게'라고 말하는 장소였다.

아침 일찍 나가더라도 잠은 장미빌라에서 잤는데, 검은 봉지가 쌓이면서 이마저도 달라지기 시작했다. 이삼일에 한 번, 일주일에 한 번의 간격이 벌어지며 아빠는 계절마다, 해마다 한 번씩 찾아오는 사람이 되었다.

두 사람의 통화는 길어졌다. 아빠에게 취직 소식을 전하고 싶어 엄마의 손목을 잡았지만 엄마는 욕을 하며 전화를 끊었다. 향수회사에 취직했다는 소식은 결국 전하지 못했다. 늘 그랬던 것처럼.

그날 밤 꿈을 꾸었다. 꿈속에서도 장미빌라 502호는 검은 봉지로 가득했다. 검은 봉지 안에 가득 들어있는 냄새를 보았다. 연기처럼 형태가 없고 흐물흐물한 그것들은 지독했지만 모두 검은색은 아니었다.

검은 봉지를 열어 냄새를 꺼냈다. 푸른 냄새, 은빛 냄새, 붉은 냄새. 그것들은 바람을 타고 여기저기를 누벼댔다. 어둡기만 했던 장미빌라 5층이 환해지는 것 같았다.

마지막 검은 봉지를 열었다. 터지듯 몰려나온 누런 냄새는 빙글빙글 돌더니 다른 냄새들과 엉겨 붙기 시작했다. 그것들은 점점 커지더니 어느새 검은 연기가 되어 장미빌라 5층을 에워쌌다. 한없이 부풀어 오르던 그것은 먹잇감이라도 발견한 것처럼 점점 다가오고 있었다. 도망가고 싶었지만, 다리가 움직이지 않았다. 바닥에 풀어 헤쳐 놓은 검은 봉지들이 쇠사슬처럼 잡고 놓아주지 않았다. 끝이 보이지 않는 어둠이 나의 눈과 코와 입으로 밀려 들어왔다. 숨을 쉴 수 없었다. 목을 부여잡고 기침을 하며 잠에서 깼다. 지독한 악몽이었다.

향수회사에서 맡은 일은 간단했다. 시향할 향수가 완성되면 택시를 타고 회사에 출근했다. 시향지를 코에 가져가 냄새를 맡고, 첫 향과 잔향에 대해 향수 디자이너와 연구원에게 자세히 말해주기만 하면 되었다. 향의 조화가 자연스러운지, 디자이너가 원하는 느낌의 향이 맞는지, 어떤 향을 더 첨가하면 좋을지. 집에서도 회사에서도 할 수 있는 것은 냄새를 맡는 일이었다.

월드 스타 A의 첫 번째 향수인 '핑크미스트'가 완성되었다는 연락을 받고 회사로 향했다. 실장이 건물 1층에서 기다리고 있었다. 건물 엘리베이터는 수리 중이었다. 실장은 사무실이 있는 6층까지 걸을 수 있겠냐고 물었다. 가볍게 고개를 끄덕였다.

비상문을 열었다. 오랫동안 고여 있던 묵은 공기 냄새가 났다. 약한 담배 냄새가 났고, 오래전에 발랐던 페인트 냄새도 풍겼다. 실장은 말없이 계단을 올랐다. 3층 계단을 모두 오르자 허벅지에 익숙한 고통이 느껴졌다. 장미빌라 계단에서 느꼈던 통증이었다. 숨을 크게 들이쉬었다. 장미빌라의 쓰레기 냄새는 나지 않았다.

냄새가 지독하지? 실장이 갑자기 멈춰 섰다. 그대로 실장의 등에 코를 박았다. 코를 감싸 쥐었지만 실장은 관심 없다는 듯 말을 이었다. 이 건물에서 가장 깨끗한 곳이 어디일 것 같아? 매일 같이 쓸고 닦는 로비? 새로 공사한 사무실? 여기야, 여기. C 비상구. 관계자 외 출입 금지.

그에게서 오래된 호두 냄새가 진하게 느껴졌다. 이토록 강한 냄새를 풍기는 사람은 본 적이 없었다. 비상구의 탁한 공기와 오래된 호두 냄새가 움켜진 콧속을 계속해서 파고들었다.

문은 많은데 전부 닫고 있으니까 더 지독한 거야. 그가 손을 뻗어 비상문을 열었지만, 곧 쾅 하고 문이 다시 닫혔다. 문을 열면 냄새가 없어질 텐데. 아쉽네.

실장은 다시 계단을 올랐다. 그가 했던 말을 이해하기 위해 한참을 고민했지만 도통 알 수 없었다. 이해한 것이라

곧 그의 말대로 비상구 냄새는 지독했고, 사람들이 지나다니는 로비에서는 라벤더 향이 났다는 것이다. 그는 처음으로 말을 놓았다. 사무실에 들어갈 때까지 그는 아무 말도 하지 않았다.

연구실에는 월드 스타 A의 첫 번째 향수 핑크미스트를 만들기 위해 밤을 지새운 디자이너와 연구원이 있었다. A의 핑크미스트예요. 탑 노트부터 맡아볼래요? 월드 스타 A가 직접 프랑스에서 스카우트해왔다던 연구원이 시향지를 내밀었다. 밤을 새운 그녀의 목구멍에서 단내가 올라왔다.

그녀가 건네는 시향지를 받았다. 시향지를 코 밑에 대고 맡으면 제대로 된 향을 느낄 수 없다. 글을 너무 가까이 보면 무슨 글자인지 알 수 없는 것처럼. 시향지를 살살 돌려 향이 공기 중으로 퍼지길 기다렸다.

시향지에 묻어 있던 향수에서 여성의 향수에는 잘 쓰지 않는 스파이시한 향이 났다. 진취적이고 도전적인 여성들에게 잘 어울릴 법한 향수였다.

핑크 페퍼콘. A의 핑크미스트에서 나는 향의 정체였다. 크리스마스 베리를 연상시키는 핑크 페퍼콘은 후추와는 전혀 상관없는 식물이다. 톡 쏘는 향 때문에 페퍼콘이라 불리지만, 스파이시한 향이 지나가고 나면 달콤한 향이 남았다.

정확히 봤어요. 핑크 페퍼콘에 만다린 아로마를 넣어 싱그러움을 더했죠. 하트 노트는 어때요? 스파이시한 향이 날아가고 향수를 뿌린 여성이 바깥에 나갔을 즈음에 남는 냄새.

꽃향기다. 꿀을 머금은 헬리오트로프는 다양한 향수에 많이 이용되는 꽃이다. 실장이 내게 맡아보라고 준 오일 중 하나이기도 했다. 특별함을 주고 싶어 핑크미스트라고 했다고 들었는데, 다른 향수에도 빈번히 들어가는 헬리오트로프라. 평범했다. 실망했어요? A의 핑크미스트 메인은 베이스 노트예요. 결국 사람들의 기억에 남게 되는 건 첫 향과 잔향이니깐요. 스위트피 향이에요.

베이스 노트는 당장 맡을 수가 없었다. 잔향인 만큼 시간이 지나야 가능했다. 손목과 발목에 핑크미스트를 뿌리고 연구실에 앉아 있었다. 두 사람이 바쁘게 움직이는 소리가 들렸다. 비커가 부딪히고 스포이트에서 진득진득한 액체가 한 방울, 두 방울 떨어졌다.

후각이 예민하다는 거 참 부러워. 디자이너 홍이었다. 비커 위로 떨어지는 액체 소리에 집중하느라 그녀가 곁으로 오는지 몰랐다. 그녀에게서 핑크 페퍼콘의 냄새가 강하게 났다. 향수를 만들다 몸에 밴 거 같지는 않았다. 핑크 페퍼콘만 따로 향수로 사용하는 것일까. 디자이너 생활을 한지 오래된 건 아니지만, 날이 갈수록 냄새를 맡기가 힘들어.

후각이 작동하는 시간은 단 1분이다. 그 시간은 아무리 길어봤자 5분 정도다. 5분 후에 사람은 냄새에 적응한다. 냄새가 더 강해지거나 달라지지 않는 이상, 후각은 작동하지 않는다.

사람이 최대 맡을 수 있는 향이 1조 가지 정도가 된대. 그

중 반이 악취라면 나머지는 향취겠지? 난 조향사지만, 내가 맡을 수 있는 향은 얼마 없어. 그마저도 사라져 가고 있고. 당신은 아마 1조 가지의 향을 모두 맡겠지? 그녀의 목소리가 흔들렸다.

조향사가 있음에도 시향사를 구한 이유였다. 그녀는 후각을 잃어가고 있었다. 한 번 잃은 후각은 쉽게 돌아오지 않는다. 언젠가 그녀는 영원히 냄새를 맡지 못할 수도 있다. 우린 참 달라. 나는 향을 만들기 위해 그림을 그려. 핑크미스트는 킬러와 플로리스트 이중생활을 하는 A의 영화를 보며 만들었지. 하지만 당신은 핑크미스트가 무슨 색인지도 모르겠지. 디자이너 홍의 말에 가만히 고개를 끄덕였다.

후각을 사용하여 맡는 향기인데 시각을 통해 만들었다. 냄새 아닌 이미지가 만들어 낸 향수였다. 그 점은 특별하다고 해 줄 만했다. 문득 꿈에서 움직이던 냄새가 떠올랐다. 장미빌라 5층에서 검게 변해 버렸던 냄새. 근데 당신을 보면 아무 냄새도 떠오르지 않아. 디자이너 홍이 마지막으로 남긴 말이었다.

매일 냄새를 지우려고 애썼다. 검은 봉지의 냄새. 해가 들끓는 시간이 지나고 밤이 오면 그나마 가라앉는 악취들. 한바탕 전쟁이 끝나고 시체와 생체 상관없이 들판에 드러누운 패잔병 같은 냄새. 그마저도 베이비 로션 향을 풍기며 다니는 3층 여자가 맡는다면 두 손으로 코를 부여잡고 하루 종일 구역질을 해대리라.

시간이 얼마나 지났을까. 손목에서는 조금 전과는 다른

달달한 향이 나고 있었다. 손목을 코에 갖다 댔다. 스위트피 꽃향기에 통카빈과 앰버의 부드럽고 은은한 향이 함께 올라왔다. 실장이 왜 그렇게 자신만만했는지 알 것 같았다. 진취적이고 도전적인 여성에게만 어울리는 향이 아니라 모든 여성에게 어울리는 향이었다.

탑 노트로 자신감을 불어 넣고, 베이스노트로 여성스러움을 살렸다. 지나가는 여성에게 핑크미스트 향을 맡은 사람은 이 여성을 따뜻하고 달콤한 사람이라고 생각할 것이다. 향수를 뿌리는 사람을 위한 향은 스파이시한 핑크 페퍼콘의 탑 노트이고, 잔향은 스위트피다. 타인을 위한 향. 핑크미스트는 두 사람을 모두 배려한 향수였다.

향을 느낄 수 있는 시간은 1분이다. 1분이 지나면 후각은 내 몸에 뿌린 향기에 익숙해진다. 매일 같이 똑같은 향수를 뿌린 사람이라면 그 시간은 더 짧아진다. 1분을 제외한다면 나머지는 타인의 시간이다. 결국 향수의 완성은 잔향이다. 우리 향기가 성공한 거 같은데? 디자이너 홍과 연구원의 하이 파이브 소리가 연구실을 울렸다.

엄마는 잔향 같은 사람이었다. 가진 모든 것을 다른 사람에게 주고 싶어 했다. 남을 먼저 생각하자 집에는 쓰레기만 남게 되었다. 다른 사람의 시선을 몹시 신경 썼던 엄마는 자신의 인생에 이타적인 향수를 뿌렸다. 자신보다 어려운 이웃을 도울 줄 아는 여자. 엄마의 향기는 몹시 인위적이었다.

교회 갔다 올게. 저녁은 알아서 해결해. 쓰레기 더미에서 저녁을 해결하라니, 냄새뿐인 곳에서 할 수 없는 일이었다. 엄마는 연구실에서 갖고 온 샘플 향수를 몸에 뿌려댔다. 잠시나마 쓰레기 냄새 위로 달콤한 핑크미스트향이 풍겨왔지만, 곧 쓰레기 냄새와 섞여 구역질 나는 냄새로 변했다.

엄마에게 어울리지 않는 핑크 페퍼콘의 향. 진취적이고 도전적인 핑크 페퍼콘은 쓰레기 냄새 마냥 겉돌기만 했다. 엄마를 잘 알기 때문에 그렇게 느낄지도 모르겠다. 아마 교회의 누군가가 엄마의 몸에서 핑크미스트를 맡는다면, 엄마를 따뜻하고 이타적인 사람이라고 생각할 터였다. 엄마가 원하는 냄새였다. 핑크미스트 향은 또 다른 이미지를 심어 주기에 충분했다.

신 집사님이 향수 냄새 좋다고 하더라. 타인의 칭찬에 대해 이야기하는 엄마의 목소리가 들떠 있었다. 고개를 저었다. 엄마에게는 다른 식물에 의존해서 자라는 아이비 허브향이 잘 어울렸다. 다른 사람이 없다면, 기댈 곳이 없다면 자랄 수 없는 아이비 허브.

신발장에 서서 거울을 보던 엄마가 문을 열고 밖을 나가려는 순간, 누군가 장미빌라 502호의 문을 두드렸다. 옆집이 이사 가고 난 후, 장미빌라 5층을 찾는 외부인은 처음이었다. 엄마는 고개를 갸웃거리며 현관문 가운데 뚫린 외시경으로 밖을 살펴보았다. 쾅쾅쾅!

엄마는 깜짝 놀라며 쓰레기 봉지 위에 주저앉았다. '북—'

하며 찢어진 검은 봉지에서 썩은 우유 냄새가 올라왔다. 진득진득한 고체로 변해버린 우유는 그나마 남은 물기를 타고 흘러나와 비위를 건드리는 상한 젖비린내를 풍겼다. 냄새가 구석구석 퍼지기도 전에 문틈으로 말소리가 들려왔다. 저희 왔어요, 집사님!

엄마에게 교회는 이타적인 향기를 풍길 수 있도록 해주는 향수 같은 존재였다. 그 향은 쓰레기 냄새와는 달리 누구에게나 좋은 잔향을 남겼다. 교회에 다니는 신실하고 믿을 만한 사람, 엄마는 그 향기를 매우 좋아했다.

아무 소리도 내지 못했다. 이 순간 장미빌라 5층엔 아무도 없었다. 시곗바늘만이 정적을 가르며 달렸다. 그 소리마저 천둥처럼 우렁찼다. 얼마 있지 않아 다시 엄마를 부르는 소리가 들렸다. 좋은 사람의 향기를 담은 엄마의 향수병에 금이 가고 있었다.

집에 안 계신가? 방금 전에 통화를 했는걸요. 샤워하고 계시나 봐요. 기다려 보죠. 서프라이즈 파티라도 하듯 들떠 있는 목소리였다. 장미빌라 5층에 사는 김 집사는 이런 종류의 서프라이즈 파티를 좋아하지 않았다. 장미빌라에 손님이 오는 것도 좋아하지 않았다. 이곳은 엄마의 향기에 포함되지 않는 공간이었다. 엄마는 아직 집을 갖지 못했다.

거친 숨을 몰아쉬는 소리가 들렸다. 콜록. 콜록. 근처에 쓰레기차가 있나 봐요. 일행 중 한 명이 구역질을 참다가 기침을 해댔다. 현관문 밖에서 나는 소리를 엄마도 들었을 것이다. 잘 차려입은 옷에 쓰레기 국물을 묻혀가면서도 일어나지 못했다. 엄마는 두려움에 떨고 있었다.

현관문을 열고 나가려던 참이었기에 문은 잠겨 있지 않았다. 밖에 있는 사람들 중 한 명이라도 문고리를 잡아 돌린다면, 장미빌라 502호의 정체는 금세 드러날 터였다. 현관문 앞에 주저앉아 두려움에 가득 찬 눈으로 문고리만 바라보고 있는 김 집사도 볼 수 있을 것이었다.

내심 그 문이 열리길 바랐다. 누구라도 엄마를 뒤덮은 거짓 향기에 냉수 한 바가지를 뿌려줬으면 했다. 이 쓰레기들을 모두 치울 수만 있다면. 초침은 다시 흘렀고, 엄마는 다리가 저린지 엉덩이를 살짝 들었다. 그때,

끼이이익. 나이 든 쇠의 거북한 울음소리가 들렸다. 문고리가 돌아가고 있었다.

엄마는 교회에 나가지 않았다. 방에서 나오지도 않았다. 일주일이 지나자 엄마의 향기가 엷어졌다. 교회에서 왔다던 그들의 목소리만이 희미하게 남았을 뿐이었다. 현관문이 열리기를 바랐다. 죄책감이 들었지만, 엄마를 위해 아무것도 하지 않았다.

엄마의 방문은 열리지 않는다.

6개월 만에 아빠가 집에 돌아왔다. 아빠가 집에 들어오면 어김없이 달려 나왔던 엄마가 오늘은 방에서 나오지 않았다. 아빠는 신발을 신고 들어 와 욕을 하며 검은 봉지를 마구

내던졌다. 어쩌다 집에 오면 꼭 하는 일이었다. 검은 봉지가 터져 냄새는 더욱 고약해졌다.

아빠는 쓰레기 더미를 뒤져 무언가를 찾았다. 그는 다시 나가려는지 현관으로 향했다. 아빠를 붙잡았다. 왜. 아빠의 말에 재차 그를 잡아당겨 엄마가 있는 방 앞으로 이끌었다. 문은 잠겨 있었다. 네 엄마? 고개를 끄덕였다. 아빠는 축축한 종이 몇 장을 손에 쥐여 주었다. 밥이라도 제대로 먹어. 아빠는 다시 쓰레기더미를 벗어났다. 아빠의 냄새마저 모두 가지고 가버렸다.

핑크미스트를 출시한 지 일주일이 지났다. 월드 스타 A의 이름도 한몫했지만, 스위트피 잔향은 여성들에게 입소문을 탔다. 모 TV 프로그램에서 남자가 가장 좋아하는 여성 향수 1위로 뽑히며 핑크미스트는 불티나게 팔려나갔다. 회사 분위기는 더할 나위 없이 좋았다.

월드 스타 A가 직접 핑크미스트를 시향하는 CF가 첫 방송되던 날, 사무실 한가운데에 설치된 TV 앞으로 직원들이 모여들었다. 랑게의 꽃노래 작품 번호 39번이 흘러나오며, 11초가 지나갔다. 'A의 핑크미스트, 당신을 위한 핑크미스트'라고 읊조리는 A의 목소리로 CF는 끝났다. 여기저기서 전화벨 소리가 울렸다. 모여들었던 사람들은 저마다 자기 자리로 돌아가 업무를 시작했다.

TV 앞에 멍하니 앉아 있을 때, 누군가 어깨를 건드렸다.

잠깐 연구실로 따라오세요. 실장이었다. 목소리가 평소와 달랐다. 아니 다른 사람들과 달랐다. 그는 기뻐하지 않았다. 굳은 결심을 한 목소리였다.

몇 달 전 비상구에서 맡았던 오래된 호두 냄새가 떠올랐다. 자신이 원하는 건 뭐든지 하고 마는 자의 냄새. 실장은 연구실 안으로 들어갔다. 연구실 안에는 정적만 가득했다. 분명 월드 스타 A의 LOVE 시리즈를 시향하러 오라는 연락을 받았는데 연구실에는 아무도 없었다.

시향에 너만 한 사람이 없더라. 너한테는 남은 게 별로 없잖아. 실장의 발걸음 소리가 들렸다. 가까이 다가오고 있었다. 옆 테이블에 걸터앉은 실장은 손을 뻗어 단정히 묶은 머리카락을 쓰다듬었다. 실장의 손에서 머리채를 빼내려고 했지만, 그는 단호히 손을 쳐냈다. 한참 동안 그는 아무 말이 없었다.

너 같은 애는 많았어. 근데 왜 널 선택한 줄 알아? 천천히 고개를 저었다. 그의 말대로 다른 감각보다 코의 감각이 예민한 사람은 많았다. 모르겠다는 고갯짓에 그의 손에 힘이 들어갔다. 머리카락이 뽑힐 것 같은 고통이 전해질 때쯤 그의 차가운 목소리가 다시금 울렸다. 더러운 냄새가 나. 시간이 지날수록 심해져. 너도 알고 있지?

그의 말에 장미빌라 502호를 떠올렸다. 방 구석구석을 뒤덮은 검은 비닐봉지. 그 안에서 죽고 썩어 가는 것들. 어느 날 먹었던 닭 뼈, 썩은 밥, 국 찌꺼기들. 어느 날 쓰고 버린 오물 묻은 휴지. 어느 날 사용했던 모든 것들이 검은 봉지 안에서 색을 잃어가고 있었다. 그리고 검은 봉지 안에서 태어나 주위를 날아다니는 검은 날파리떼. 실장은 이 모든 것을 알고 있는 것 같았다.

너한테 나는 그 냄새, 구역질 나. 다른 사람들은 몰랐을 거야. 나한테는 감출 순 없어. 그의 말에 다리가 굳어서 움직일 수 없었다. 그에게서 벗어나려던 움직임도 멎었다. 썩은 우유 위에서 옷을 적셨던 엄마처럼 그대로 굳어버렸다.

실장의 손이 겨드랑이 사이로 들어와 몸을 일으켰다. 그가 발로 의자를 밀어버렸다. 의자가 땅바닥에 나뒹굴었다. 의자와 바닥의 마찰음은 얼마 가지 않아 사라졌다. 실장이 연구실 책상 위에 나를 눕혔다. 아무런 반항도 하지 못했다. 맨살에 닿는 책상이 몹시 차가웠다. 실장의 몸이 시야를 더 어둡게 만들었다. 그의 몸은 뜨거웠다.

검은 천장에 날파리들이 날아다녔다. 날파리의 모습이 익숙했다. 장미빌라 5층에서 보던 날파리들이었다. 그것들을 향해 손을 뻗었다. 두 팔은 냄새를 휘젓던 어느 날처럼 허공 위를 거세게 허우적거렸다. 잡아 죽이자. 손을 미친 듯이 휘둘렀다. 쩽그랑. 비커 하나가 연구실 바닥으로 떨어졌다. 비커가 깨지며 안에든 향료의 냄새가 올라왔다.

콤미포라 미르라 감람나무에서 나오는 고귀한 몰약의 향.

동방박사가 아기 예수에게 주었다던 유향의 냄새가 연구실 안을 가득 메웠다. 연구실 환풍기는 작동하지 않았다.

방부제의 냄새. 미라의 냄새. 부활의 냄새가 코끝을 아득하게 만들었다. 향이 짙어지고 짙어져 기침을 내뱉을 쯤, 그가 신음소리를 내며 내 위로 쓰러졌다. 그때서야 그가 중얼거리던 말이 들려왔다. 문을 열어. 더러워져. 역겹지 않을 때까지. 더러워지란 말이야.

내 몸에 감람나무의 향이 내려앉는 것을 느낀다. 나는 검은 봉지 안의 어떤 것들처럼 썩지 않는다. 그날 밤, 나는 고귀해졌다.

장미빌라에 돌아온 것은 새벽 1시가 넘어서였다. 익숙한 어둠을 헤매고 또 헤매었다. 장미빌라로 들어오는 길이 낯설었다. 계단을 올랐다. 3층에 들어서자 허벅지에 알싸한 고통이 밀려왔다. 4층. 아무런 냄새도 나지 않았다. 5층에 다다랐을 때도 쓰레기 냄새는 나지 않았다.

엄마가 숨은 방문을 두드렸다. 방 안에서는 아무 소리도 들리지 않았다. 문을 부수기 시작했다. 주먹으로 내리치고 망치를 가져와 문고리를 망가트렸다. 문을 열고 검은 봉지를 밀치며 엄마를 찾았다.

쓰레기로 뒤덮인 3평 남짓한 방을 뒤지고 또 뒤졌지만 엄마는 어디에도 없었다. 엄마에게는 쓰레기 냄새도 나지 않았다. 엄마 몸 위에 뿌린 이타적인 향기 때문일까. 나보다 더 많은 시간을 장미빌라에서 보냈지만 엄마에게 쓰레기 냄새는 그저 겉도는 냄새일 뿐이었다. 아무 냄새도 나지 않았다.

엄마의 지독한 향기가 모두 사라졌다. 나는 엄마를 찾을 수 없었다.

날파리 우는 소리가 고요한 방 안을 채웠다. 검은 봉지를 뜯어 물기가 남은 찐득찐득한 무언가를 코에 갖다 댔다. 아무런 냄새도 나지 않았다. 입 안에 그것을 밀어 넣었다. 기억 속의 악취가 구토를 일으켰다. 손에 잡히는 검은 봉지를 잡아 뜯고 내용물을 마구 던졌다. 쓰레기 국물이 내 몸으로 스며들었다. 날파리의 소리도 들리지 않았다. 쓰레기를 마구 던지며 웃었다. 나는 자유로워졌다.

장미빌라 502호. 현관문을 들어서면 터질 듯 부푼 봉지들이 가득하다. 수선화 마트라고 쓰여 있는 흰 비닐봉지, 모란 정육점의 푸른 봉지, 이름 없는 노란 봉지, 은빛 봉지들. 그 안에는 뜯지 않은 생필품이 가득 들어 있다. 잘 익은 과일이 담겨 있는 봉지도 있다.

발 디딜 틈 없는 거실을 벗어나 문고리가 부서진 방으로 들어간다. 머리를 풀어헤친 여자가 검은 봉지를 풀어헤치고 있다. 공중에 누런 종이가 나부낀다. 여인이 초점 없는 눈으로 환하게 웃는다.

길에는 많은 냄새가 있다. 타인의 향수 냄새를 지나치기도 전에 포장마차에서는 떡볶이 냄새가 올라온다. 보고 싶지 않은 건 눈을 감아버리면 그만이고, 말하고 싶지 않은 건 입을 다물면 그만인데 냄새는 경계가 없어 어디서부터 어디까지 맡을지를 정할 수 없었다.

후각에도 분명 호불호는 있다. 향취는 잘 디자인된 향수병에, 악취는 검은 봉지에 넣기로 하면서 장미빌라 5층으로 향하는 계단에 첫걸음을 뗐다.

대비를 주로 사용했다. 시각과 후각. 향취와 악취. 추와 미. 고귀함과 불결함. 어떤 단어에 반대 단어 혹은 반대 부근에 위치한 언어를 찾다 보니 그 경계도 냄새처럼 모호해졌다.

검은 봉지는 내부가 가려져 있어 보이지 않는다. 냄새는 형태가 없어 보이지 않는다. 볼 수 없는 건 똑같은 조건이다. 냄새로 누군가를 기억한다면 그 역시 상대를 바라보고 기억하는 건 아닐까. 향수병에 악취를 넣고 봉인한다면 향취를 보는 걸까, 악취를 보는 걸까. 그런 물음은 불결함도

고귀함이 될 수 있다는 결론에 다다르게 했다.

묵혀둔 〈검은 봉지〉 원고를 다시 꺼냈을 때, 나는 이 이 야기에서 향취가 나는지, 악취가 나는지 판단할 수 없었다. 후각이 이미 익숙해졌기 때문이었다. 나를 대신하여, 나보 다 더 자세히 원고를 읽으며 수정 방향을 조언해줬던 당신 에게 진심으로 감사의 인사를 전한다. 또한 〈검은 봉지〉를 열어볼 수 있도록 지면을 내어준 그대에게도 깊은 감사의 인사를 드린다. 덕분에 지금 나는 창작 노트를 창작한다.

단 한 가지 향이 아닌 다양한 향으로 기억되는 이야기 가 되기를. 보이지 않는 그것은 과연 아름다운가, 추한가.

작가 소개

살고 간다는 흔적을 남기고 싶어 키보드를 두드리게 되 었다. 숭실대 문예창작학과를 전공했으며, 동 대학원 문예 창작학과에서 희곡 전공으로 석사학위를 받았다. 무던히 다 양하게 글을 썼고, 지금은 회사원이 되어 공문을 쓴다. 머 릿속에 있는 글감들을 전부 열어본 것 같은데, 여전히 글 주 위를 행성처럼 맴돌고 있다. 글쟁이의 정년은 죽음 이후라 는 말에 안도하며 회사원에서 창작자로서의 삶으로 모드 전 환을 시도 중이다. 석사학위 논문으로 『<미술관 아르테> 외 4편의 희곡 창작과 방법』이 있다.

그럴싸한 이야기

고급 정장을 잘 차려입은, 삼십 대 초반처럼 보이는 마흔한 살의 남자가 자동차 운전석에 앉아 있다. 그는 스마트폰을 든 손을 위로 높이 뻗는다. 그러고는 손목을 꺾어 카메라 각도를 45도로 만든다. 그다음, 렌즈를 보며 고개를 살며시 숙이고 시크한 척, 무심한 척, 정면을 쳐다본다. 그의 왼손은 강렬한 레드 컬러의 핸들을 잡고 있는데 가운데에 경적이 울리는 곳에 자동차 로고가 슬쩍 보인다. 노란색 바탕에 검은색 말이 껑충 뛰는 파워풀한 이미지, 누구나 딱 보면 아는, 최고급 명차 페라리이다.

-찰칵! 찰칵! 찰칵!

사진을 여러 장 찍은 뒤, '인 앤드 아웃' 앱을 켠다. 가장 마음에 드는 사진 하나를 골라 '새 게시물'을 클릭한다. 그리고 짧은 글을 적는다.

너무 바쁜 요즘, 하루 정도 드라이빙은 괜찮잖아

#굿모닝 #데일리룩 #CEO #Damn

맞춤법 하나가 틀렸지만, 남자는 전혀 모르고 '공유'를 클릭한다. 순식간에 '좋아요' 수천 개와 '댓글' 수십 개가 달린다. 남자는 피식 웃으며, 예쁜 여자가 댓글을 단 것에만 댓글을 다시 단다. 그리고 어떤 매력적인 여자에겐 개인만 볼 수 있는 '비밀 메시지'도 보낸다.

'드라이빙 좋아해요?'

프로필에서 남자의 이름을 알 수 있다. 그의 이름은 '조바른'. 그는 자신을 간략하게 '사업가'라고 소개 글을 써놓았다.

그런데 바른이는 이상하게 사진만 찍고, 운전하지 않고 차에서 내린다. 그러자 주차장에 온갖 종류의 차가 빽빽이 주차된 게 보인다. 무언가 느낌이 일반적인 주차장의 느낌이 아니다. 주차구역 외에도 차가 겹겹이 붙어 있어 도저히 빠져나갈 공간이 없어 보인다.

"사장님, 여기 손님 오셨어."

"예, 갑니다."

바른이는 발 빠르게 손님이 있는 곳으로 이동한다. 손님은 20대 중후반의 사회 초년생이다.

"이만 오천 킬로, 이십 년 오월식 아반떼, 전화 주신 분 맞죠?"

"아, 네에…."

바른이가 묻자, 초년생은 자신감 없는 말투로 말한다. 바른이는 그를 아반떼가 주차된 곳으로 데려간다.

"천천히 한 번 살펴보세요."

바른이는 젠틀한 말투로 초년생에게 말한다. 그사이 예쁜 여자에게 '비밀 메시지' 답장이 왔다.

「
　　　'넘나 좋아하져. 주로 어디서 드라이빙 해여?'
　　　　　　　　　　　　　　　　　　　　　　　」

바른이는 피식 웃는다. 일부로 답장하지 않고 '인 앤드 아웃' 앱을 종료한다. 그러는데 초년생이 아반떼를 살펴보다가 돌아와서 묻는다.

"시운전 가능하댔죠?"

"물론이죠. 아 그런데 혹시… 수입차는 별로세요?"

"네에?"

바른이는 아반떼 바로 오른쪽에 나란히 주차된, 벤츠 E-
클래스 차량을 가리키며 말한다.

"아반떼 살 돈에다 칠백만 더 얹으면, 선생님도 벤츠 오너
가 될 수 있어요."

"칠백이요?"

"네. 안 믿어지죠? 근데 이게 십사 년식에 팔만 뛰었어요.
앞뒤로 가벼운 사고 이력 있고요."

"아, 네… 전 그냥 아반떼가…."

"아니면 선생님, 요 차량은 어떠세요?"

바른이는 초년생의 말을 중간에 자르며 아반떼 바로 왼
쪽에 나란히 주차된, 제네시스를 가리키며 말한다.

"요건 딱 삼백만 더 얹으면, 살 수 있는데…."

"삼백이라고요? 정말요?"

"네. 이건 무사고 차량이에요. 십사 년식에 오만 킬로."

초년생이 눈빛이 흔들리자, 바른이는 속사포처럼 떠들어
대기 시작한다.

"이런 기회에 제네시스 한번 폼 나게 몰아보는 거죠. 이건 원래 안 파는 거예요. 제가 조카한테 팔려고 빼둔 건데 갑자기 사정이 생겼다고 해서, 어떻게 할까 고민하다가 얘기하는 거예요. 이건 정말 여러 가지 의미에서 흔치 않은 기회예요."

초년생 눈빛은 더욱 흔들렸다. 이 기회를 놓치지 않고 바른이가 물었다.

"할부하실 거죠?"
"네, 네에…."

바른이는 주머니에서 계산기를 꺼내 두드렸다.

"선생님께서 아반떼를 할부로 하시면, 월 이십사거든요. 근데 제네시스를 하게 되면, 월 삼십사. 십 정도 차이 나는 거죠."
"십, 십만 원이요…?"

초년생이 선뜻 결정을 못 내리고 망설이자, 바른이가 대화의 방향을 돌린다.

"여자 친구 있어요?"

초년생은 고개를 좌우로 흔든다. 그러자 바른이가 회심

의 한 방을 날린다.

"이거 타면, 여자 친구 얼굴이 달라져요."

잠시 뒤, 초년생은 '자동차 양도 증명서'를 작성한다. 그가
작성 중인 차명은 '제네시스'이다.

"제가 확인해 보니 직장이 있으셔서 캐피털에 최저 오 쩜
오 금리로 가능하다고 하네요. 그러면 계약서 작성하고 계세
요. 전 성능 기록부 좀 뽑아서 올게요."
"네에…."

초년생은 입가에 미소를 가득히 머금고, 정자로 꼼꼼하
게 계약서를 작성한다. 바른이는 잠시 사무실 밖으로 나가다
가 옆 사무실의 '정 대표'와 마주친다.

"뭐야, 아침부터 호구 잡은 거? 마수걸이 제대로다."

정 대표가 나지막하게 물었다.

"형님, 무슨 말씀을… 하늘 같은 고객입니다. 사랑하는 고
객님!"

바른이가 발끈했다.

"고객은 니미, 우리 호갱님이겠지."

정 대표는 피식거렸다. 바른이는 능글맞게 웃으며 성능 기록부를 출력, 복사하기 위해 문서실로 이동했다.

오늘만 중고차를 5대나 팔아치운 바른이는 기분이 좋아 싱글벙글 입이 다물어지지 않는다. 일찌감치 업무를 마친 바른이는 콧노래를 흥얼거리며, 어느 간판 없는 건물로 들어갔다. 안에는 서른일곱 살의 미모의 여 사장이 있다.

"안녕하세요, 사장님! 오랜만이네요."
"네, 지금 바로 가능해요?"
"그럼요. 샤워하고 누워 계세요."

여 사장이 안내한 방으로 들어간 바른이는 옷을 벗고 비좁은 샤워실로 들어갔다. 그리고 구석구석 몸을 깨끗이 씻고 나왔다. 그리고 수건으로 몸을 닦은 후, 그 옆에 비치된 일회용 치마를 입고 간이침대에 누웠다. 곧 여 사장이 들어왔다.

"앞뒤로 다 받으실 거죠?"
"네. 아프지 않게 해주세요."
"그럼요."

여 사장이 웃으며 수술용 장갑을 꼈다. 그리고 간이침대에 붙은 조명을 켜고, 왁싱 도구를 챙겼다. 여 사장은 왁싱숍의 사장으로 가슴 쪽에 '깔끄미 뷰티끄 원장 이민혜'라고 쓰인 명찰이 붙어있는 게 보인다.

바른이는 똑바로 누운 자세로 스마트폰을 만지작거렸다. '인 앤드 아웃' 앱에 들어가서 얼마나 '좋아요'와 '댓글'이 더 달렸는지 살핀다. 그사이 민혜는 우드 스틱에 왁스를 잔뜩 묻혀 바른이의 아래쪽에 골고루 펴 바른다. 바른이는 오전에 작업했던 예쁜 여자에게 이제 '비밀 메시지' 답장을 보낸다.

「
'오늘 업무가 많아서 답이 늦네요.

달리고 싶은 곳 너무 많죠.

오늘같이 복잡한 날, 달리고 싶네요.'
」

민혜는 굳은 왁스를 잡아 뜯는다. 그러자 왁스에 털이 달라붙어 우두둑 떨어진다. 바른이는 예쁜 여자와 계속 메시지를 주고받는다. 작업이 잘 되어가는지 바른이의 입가에 미소가 떠나질 않는다. 그러던 바른이가 갑자기 소리를 지른다.

"아앗!"

"어머, 죄송해요. 많이 아프셨죠?"

"피… 나요?"

"아뇨. 피는 안 나요."

거짓말이다. 민혜는 지혈하기 위해 몰래 솜에 알코올을 묻힌다. 그러고는 그가 보지 않는 틈을 타서 피 묻은 솜을 휴지통에 버린다.

"제 피부가 많이 예민해요…. 좀 조심히 해주세요."
"네… 정말 죄송해요. 더 조심할게요."

민혜는 좀 더 조심해서 왁싱 작업을 이어 나간다.

"이제 앞판은 끝났고요. 고양이 자세 해주세요."

바른이는 민혜의 지시대로 요가 할 때 고양이 자세를 취했다. 이제 뒤쪽의 작업이 남은 것이다. 매일 하는 일이지만, 민혜는 뒤로 하는 작업을 하는 것이 늘 고통스럽다. 그녀는 빨래집게로 코를 집고, 바른이의 엉덩이 부근에 왁스를 넓게 펴 발랐다. 그러는 사이, 바른이는 입가에 흐뭇한 미소를 머금고 예쁜 여자와 계속 메시지를 주고받는다.

"이번은 한 번에 끝낼 거라서요."
"아, 네에…."
"준비되셨나요?"
"네… 안 아프게…."

−지지지 직, 좌좌 아아악!

"아아아악!"

바른이는 크게 비명을 지른다. 입에서 거의 욕이 나올 뻔했다. 민혜는 생글생글 웃으며, 알코올을 묻힌 솜을 피부에 대고 진정시킨다. 뽑히지 않은 남은 잔털은 핀셋으로 뽑는다.

"금방 끝났죠? 수고하셨어요."

바른이는 화도 못 내고, 인상을 쓰며 간이침대에서 몸을 일으킨다.

"옷 입고 나오세요."

민혜는 털을 떼어 낸 굳은 왁스를 들고 방에서 나온다. 민혜는 구역질이 올라온다. 간신히 구토를 참으며, 털이 붙은 굳은 왁스와 수술용 장갑을 쓰레기통에 버린다. 스마트폰에 알림이 떠서 열어보니, '인 앤드 아웃' 앱에서 '비밀 메시지'가 도착했다. 이내 민혜는 입이 헤 벌어져서 메시지를 읽는다.

「
'누나, 오마카세도 좋아해요?'
」

민혜는 바로 답장을 보낸다.

「
　　　　　'완죤 좋아해. 왜 잘 아는 데 이써?'
　　　　　　　　　　　　　　　　　　　　　　」

　민혜가 답장을 받은 남자는 '류제득'이라는 친구다. 제득이는 민혜보다 11살 어린, 스물여섯 살이다. 민혜는 그의 프로필에 새로 올라온 사진들을 구경한다. 헬스장에서 상의를 탈의하고 사진을 찍은 제득이는 몸이 근육질이다. 이두근, 삼두근이 우락부락 허벅지만큼 두껍고 배에는 선명한 왕자가 보인다. 그리고 다른 사진은 오마카세에서 코스 요리를 즐기는 모습이 담겨 있고, 골프를 치는 모습이나 벤츠 E-클래스 보닛 위에 올라가서 사진을 찍은 모습 등등이 있다. 그런 화려한 삶을 누리는 제득이의 모습에 민혜는 흠뻑 빠져있다. 민혜는 손가락으로 그의 근육 사진을 확대해서 살핀다.

　어느새 옷을 갈아입고 나온 바른이가 민혜가 있는 계산대로 다가와 카드를 내민다. 그런데 민혜가 카드를 받으려고 하자, 바른이는 카드를 휙 몸쪽으로 뺀다. 카드를 받으려다 놓친 민혜는 눈을 동그랗게 뜨고 바른이를 쳐다본다.

　"피가 났던데."

　바른이가 불만 가득한 얼굴로 말한다.

"아, 정말요? 조금 났나 봐요. 어쩌죠?"

"많이 났던데… 철철…."

"죄송해요. 피부가 정말 약하신가 봐요. 제가 다음에 오면, 이벤트 가로…."

"이번에 이벤트 가로 부탁해요. 후기 잘 써드릴게요."

"아, 네에…."

그제야 바른이는 카드를 내민다. 민혜는 굳은 표정으로 카드를 긁는다. 그가 왁싱숍을 나가자, 민혜는 바로 욕을 한다.

"양아치 새끼…."

스마트폰 알람이 울린다. 다시 제득이가 '비밀 메시지'를 보냈다. 민혜는 반갑게 '인 앤드 아웃' 앱을 연다.

「

'잘 아는데 많죠. 누나가 쏠 거예요?'

」

민혜는 어처구니가 없어 피식한다. 답장을 어떻게 보낼까 하다가 일단 쪽지창을 닫는다. 그리고 앱을 사용해서 자기 얼굴 사진을 여러 장 찍기 시작한다.

-찰칵! 찰칵! 찰칵!

그런데 실물보다 훨씬 더 예쁘게 나온다. 거의 사기 수준이다. 그 사진을 또 다른 앱을 켜서 보정을 한다. 눈을 약간 더 크게 만들고, 코를 세우고, 턱을 깎은 뒤, '인 앤드 아웃' 앱 '새 게시물'에 올린다. 짧은 글과 함께. 내용은 아래와 같다.

> 불금에 열일 ㅜㅜ 몇 시간 안 남았따. 화이링!
> #열일 #깔끄미뷰티끄 #피부과 원장 #압구정 피부과

사진을 올리자마자, 몇 초 만에 수많은 남자가 '좋아요'를 클릭하고, '예뻐요', '얼굴이 주먹만 하다', '바비인형이닷', 'So Hot' 같은 댓글이 주르륵 달린다. 그걸 보고 자의식이 올라간 민혜는 함박웃음을 짓는다.

고급스럽고 우아한 건물 앞에 벤츠 E-클래스가 멈췄다. 운전석에서 내린 사람은 민혜와 비밀 메시지를 주고받던 '류제득'이었다. 제득이 내리자마자, 발렛 요원이 다가와 차를 건네받았다. 제득은 곧장 건물 안으로 들어갔다.

제득이가 들어간 곳은 오픈 주방 형식의 바 테이블이 놓인, 모던한 느낌의 일식당이다. 층높이가 굉장히 높아 시원한 느낌이 든다. 식당 입구에는 미쉐린 가이드에 3년 연속, 2스타에 선정된 상패와 각종 요리 경연 대회에서 수상한 트로피가 진열되어 있다. 주방 가운데엔 흰색 조리복과 앞치마 그리고 위생 모자를 쓴, 셰프 한 명과 부셰프 한 명이 손님을 깍듯이 맞이한다. 먼저 도착한 민혜가 제득이를 보자마자 손을 높이 든다. 그런데 제득이는 처음에는 바로 민혜를 알아보지 못한다. 그녀가 너무 보정 앱을 심하게 써서 실물과 차이가 너무

심했다. 제득이는 너무 어처구니가 없어 피식 웃음이 나온다.

"여기 분위기 되게 좋다."

제득이가 옆으로 오자, 민혜가 먼저 살갑게 말을 건넨다.

"그쵸? 차가 막혀서 좀 늦었네요."
"괜찮아. 다행히 아직 시작 안 했어."

총 10명이 앉을 수 있는 바 테이블엔 9명이 앉아 있다. 다들 남은 1명을 기다리는 중이다. 디너 2부의 시작은 저녁 8시부터인데, 지금 시각은 저녁 7시 59분이다. 정시가 되자마자, 남은 손님이 헐떡이며 안으로 들어온다. 그런데 그는 다름 아닌, 중고차 딜러 '조바른'이다.

순간 민혜와 바른이는 서로 눈이 마주친다. 두 사람은 흠칫 놀란다. 그러나 곧바로 서로 모른 척 시선을 돌린다. 바른이는 겉옷을 옷걸이에 걸고, 비어있는 좌석에 가서 앉는다. 바른이 옆자리엔 그가 '인 앤드 아웃'으로 작업을 하던 예쁜 여자가 앉아 있다.

"아하, 딱 맞춰 왔네."

바른이가 웃으며 예쁜 여자에게 말했다. 바른이가 앉자,

셰프는 10명의 손님을 향해 정중히 인사를 한 뒤, 고급 코스 요리를 정성스레 준비해서 차례대로 내놓았다.

셰프가 처음 내놓은 음식은 입맛을 돋우는, 달콤한 푸딩 계란찜인 '차완무시'였다. 위에는 신선한 성게가 예쁘게 올려져 있었다.

사람들 대부분은 먹기 전에 스마트폰을 꺼내 사진부터 찍었다. 바른이의 옆자리에 앉은 예쁜 여자도 사진을 찍어서 '인 앤드 아웃'에 짧은 글과 함께 바로 업로드했다.

> 나의 사랑 차완무시. 따릉해^^
>
> #오마카세 #청담동 #두근두근

예쁜 여자의 프로필에 이름과 나이 등등이 적혀 있다. 그녀의 이름은 '구나연', 나이는 22살. 그 아래 자신의 소개 글은 '예술가'라고 짧게 쓰여 있다. 사진을 올린, 나연이는 차완무시를 먹기 시작한다. 바른이도 맛있게 차완무시를 먹으며, 나연에게 말을 붙인다.

"어때요? 괜찮아요?"

"너무 맛있는데요. 오빠."

"말 편하게 해도 되지?"

"그럼요. 한참 오빠인데."

"한참이라니 너무 하는 거 아냐?"

발끈하는 바른이를 보고, 나연이는 여우처럼 웃는다. 다음 코스는 탱글탱글한 전복 위에 신선한 성게가 올라가 있고, 그 위에 캐비아까지 3단으로 올린 음식이었다. 이번에도 역시 바른이와 나연이는 사진부터 찍는다.

"준비하는 건, 안 힘들어?"

바른이가 나연에게 묻는다.

"세상에 안 힘든 게 어디 있어요?"
"그건 그래."
"오빠는 사업 잘돼요?"
"요즘은 좋아. 이런 데 오는 거 보면 모르겠어?"
"인정."
"근데 티비에서 보면 아이돌 연습생 매일 몸무게를 재보고 관리하던데 괜찮아?"
"탄수화물 빼고 먹으면 되죠. 그리고 저 아이돌 아니고 배우 지망생이에요."
"아, 신인 배우."

나연이는 다음 코스로 나온 '가리비 관자 스시'에서 밥은 빼고 가리비 관자만 쏙 먹으며 덧붙여 말한다.

"그리고 운동하니까."

"무슨 운동해?"

"테니스랑 골프요."

"아, 진짜? 언제 같이 라운딩 가면 되겠네."

"저 얼마 전에 머리 올렸어요."

"뭐 어때? 즐기는 거지."

"저야 오빠가 태워주면 감사하죠."

나연이는 묘하게 미소를 흘리며 웃는다. 바른이는 슬쩍 가슴골을 노출한 나연의 몸매를 훔쳐본다.

한편, 민혜도 제득이와 즐거운 대화를 하며, 오마카세 코스 요리를 만끽하는 중이다. 민혜가 제득을 보며 묻는다.

"그래서 운동은 언제부터 한 거야?"

"저 용인대 사체과예요."

"어쩐지, 몸이 땐땐해 보인다고 했어."

그러면서 민혜는 은근슬쩍 제득의 팔뚝을 만진다.

"어머, 땐땐한 거 좀 봐. 완전 땐땐해. 돌 같은데."

민혜의 칭찬에 제득은 어깨가 으쓱해진다.

제득이 묻는다.

"운동해요?"

"깨작깨작. 피티도 한 번씩 받는데. 천성이 게을러서."

"운동 좀만 더 빡세게 하면, 완전 좋은 몸매될 거 같은데."

"정말? 언제 같이 운동이나 할까?"

"좋죠. 제가 피티 봐줄 수도 있어요."

"완전 좋다."

이번에는 참돔 초밥이 코스로 나왔다. 민혜와 제득이는 일종의 의식처럼 스마트폰을 꺼내 사진을 찍고, '인 앤드 아웃' 앱에 공유한 뒤, 초밥을 입에 넣는다. 그나저나 민혜는 자꾸 제득이가 테이블 위에 올려둔, 벤츠 차 키에 눈길이 간다.

"근데 하는 일은 뭐야? 물어봐도 돼?"

민혜의 질문에 제득은 목이 탁 막힌다. 콜록콜록 하는 제득은 일단 물을 마시고 진정한다.

"너무 맛있어서 목이 막히네. 하하… 저… 작게 개인 사업해요."

"아, 정말? 멋있다. 어린 나이에…."

"아니에요. 그냥 열심히 하는 거죠."

"어떤 사업인지 궁금한데."

"식품 유통업이요."

"아 정말? 나 그런 거에 완전 관심 많은데…. 한때 콜라겐 음료에 꽂혀서 그거 수입해서 팔면 떼돈 벌 수 있겠다고 했거든. 근데 늘 생각만 하고 못했어."

"제가 주로 하는 게 해외에서 인기 있는 식음료를 컨테이너로 들여서 파는 거예요."

"우와, 완전 멋져."

"에이, 누나가 하는 피부과 원장이 더 폼 나는데?"

"그냥 작게 하는 거야. 압구정이 땅값이 워낙 비싸잖아. 근데 제득아, 누나라고 안 하면 안 돼?"

"그래, 알았어. 민혜야."

제득이가 말을 놓고 이름을 부르자 민혜는 좋아한다.

"나도 언제 관리받으러 가도 되나?"

"나중에. 더 친해지면."

민혜는 당황하지만, 최대한 티를 내지 않으려고 애쓴다.

어느새 스무여 개의 코스 요리가 끝나고, 디저트로 하겐다즈 아이스크림이 나왔다. 마지막까지 잊지 않고, 민혜와 제득 그리고 바른이와 나연은 사진을 찍는다.

-찰칵! 찰칵! 찰칵!

"민혜야, 잘 먹었어. 커피는 내가 살게."

계산대에 선 민혜에게 다가온 제득이가 말한다. 민혜는 표정 관리를 하며, 직원에게 카드를 건넨다. 그들 뒤에 선 바른이도 계산하려고 기다린다. 화장실을 다녀왔다가 바른이 옆으로 다가온 나연이가 말한다.

"오빠 잘 먹었습니다."

바른이는 나연이를 보며, 싱글벙글 웃는다. 곧 바른이가 카드를 건네고 받은 영수증에는 44만 원이 찍혀있다.

다음 날, 아침.

호텔 방에서 비키니를 입은 나연이가 사진을 찍는다. 곧 샤워를 마치고, 샤워 가운을 허리에 두른 바른이가 나온다. 그러자 나연이는 바른에게 카메라를 건네준다. 바른이는 나연이를 최대한 예쁘게 여러 각도에서 찍는다.

– 찰칵! 찰칵! 찰칵!

자신의 스마트폰을 건네받은 나연은 '인 앤드 아웃' 앱에 짧은 글과 함께 사진을 업로드한다.

「
마음에 들지 않지만, 그냥 올리는 사진

#호캉스 #그랜드 하얏트 #소확행 #내돈내산
」

바른이도 가운을 살짝 풀어헤치고, 자신만의 셀카를 찍는다. 가슴 근육이 살짝 드러난다.

-찰칵! 찰칵! 찰칵!

바른이도 역시 '인 앤드 아웃' 앱에 짧은 글과 함께 사진을 업로드한다.

「
하루 종일 술 먹고 수영하고. 운동 더 열심히 해야지

#그랜드 하얏트 #협찬아님 #헬스
」

비슷한 시간, 다른 장소에서 커튼처럼 가림막이 있는 모텔 주차장에 벤츠 E-클래스가 나온다. 운전석에는 제득이가 조수석에는 민혜가 타고 있다. 민혜는 스마트폰을 꺼내 자기 얼굴만 나오게 셀카를 찍어서 '인 앤드 아웃' 앱에 올린다.

「
콧바람 쐬러 고고, 드라이빙 가는 즁

#드라이빙조아 #굿모닝
」

며칠 뒤.

제득이는 조수석 의자를 끝까지 뒤로 젖힌 채로 담요를 덮고 벤츠 E-클래스에서 잠을 자는 중이다. 주차 단속요원이 창문을 똑똑 두드린다. 그 소리에 잠에서 깬 제득이는 눈을 비빈다.

"여기 주차하시면 안 돼요."

"아, 네에…"

제득이는 운전석으로 옮겨 앉아 시동을 켜고 도망치듯이 사라진다. 출근 시간대라서 거리에는 정장을 차려입은 남녀들이 분주히 이동하는 모습이 보인다. 제득이는 인적이 드문 골목으로 차를 옮긴다.

어느 동네 공원 앞, 공중화장실로 들어간 제득이는 목에 수건을 두르고 양치를 한다. 비누로 머리도 감는다. 그런 다음, 조심스레 손에 물을 묻혀 겨드랑이와 몸 안쪽도 닦는다.

공중화장실에서 몸을 씻고 나온 제득이는 벤츠 E-클래스 트렁크를 연다. 안에는 전동 킥보드가 있다. 헬멧을 쓰고, 커다란 사각형 배낭을 멘다. 그러고는 '배달 앱'을 켠다. 바로 근처에서 스타벅스 아메리카노 여섯 잔 배달 주문이 뜬다. 제득이는 커피를 픽업하기 위해 전동 킥보드를 타고 이동한다.

커피 여섯 잔을 받은 제득이는 몰래 뚜껑을 열어, 커피 여섯 잔을 전부 한 모금씩 한다. 그런 다음 다시 뚜껑을 닫는다. 감쪽같다. 제득이는 씩 미소를 짓는다. 그리고 커피를 배낭에 담고서 전동 킥보드를 타고 목적지로 향한다.

제득이는 배달하는 내내, 손님이 주문한 음식들을 야금야금 빼내어 락앤락 밀폐용기에 담는다. 시간이 지나자, 제법 근사한 도시락 하나가 만들어진다. 제득이는 편의점 앞 야외 파라솔 테이블에 앉아 점심을 즐긴다. 그러는데 민혜에게 메시지가 온다.

「
　　　　'자갸, 점심 맛나게 하고 있어?'

'어, 밥 먹을 정신이 없네. 통관에 문제가 있나 봐.

잠시 세관에 나와 있어.'

'뭐라고? 큰 문제야?'

'아냐, 별거 아냐. 신경 쓰지 말고 일 봐.'

바로 민혜에게 전화가 걸려 온다. 제득이는 일부러 전화를 받지 않고, 수신 거부를 한다. 그리고 메시지를 보낸다.

'지금 통화 곤란. 메시지만 가능.'

'큰일 아닌 거지?'

'응. 점심 먹어.'

제득이가 밥을 맛있게 먹고 있는 사이, 다시 민혜에게 메시지가 온다.

'진짜 걱정돼…. 괜찮은 거 맞지?'

이제 제득이는 인터넷에서 적당한 컨테이너 선적 사진을 찾아 캡처해서 메시지와 함께 보낸다.

'실은… 수입한 컨테이너에 문제가 생겨서…

다시 스위스로 보내야 할 판이야.'

'뭐, 그게 말이 돼?'

'식약처에서 부적합 판정이 떴어. 서류 하나가 누락이 되어서….'

'어머, 말도 안 돼…. 그러면 서류만 다시 받으면 안 돼?'

'그게 시간이 걸려서….'

'그렇다고 그걸 스위스로 되돌려 보내?'

'그래서 보관창고 쪽도 알아보는 중. 서류 받기 전까지만.

근데 창고 비용도 만만치 않네.'

'왜? 부족하면, 내가 도와줄까?'

'에이, 됐어.'

'말해 봐. 얼마가 부족한데?'

'백화점 식품 코너까지 얘기 다 끝났는데… 아 증말….'

'그래서 얼마가 필요하냐고?'

제득이는 일부러 시간을 끌다가 메시지를 보낸다.

「
'그럼, 급한 대로 오백만 해줄 수 있어?

십일 안에 갚을게….'
」

제득이가 메시지를 보내자, 바로 오백만 원이 입금된다.
제득이는 입이 귀까지 걸린다.

「
'고마워. 너밖에 없네….'

'천천히 갚아. 화이팅!^^'
」

곧바로 제득의 은행 앱에서 알람이 울린다. 벤츠 할부금과 통신 요금이 순식간에 통장에서 빠져나갔다.

> 류제득 님이 소유한 벤츠 E-클래스 차량의 24회차
>
> 할부금 1,440,000원이 자동 이체되었습니다.

> 류제득 님의 당월 통신 요금
>
> 192,470원이 자동 이체되었습니다.

밥을 거의 다 먹었을 때, 배달 앱 알람이 울린다. 제득이는 퍼뜩 파라솔 테이블에서 일어나 전동 킥보드에 오른다. 그리고 손님이 주문한 음식을 픽업하기 위해 음식점으로 이동한다.

비슷한 시간, 머리가 산발이 된 나연이는 잠옷 차림에 슬리퍼를 질질 끌고 집 앞에 있는 목욕탕에 들어간다. 그런데 그곳은 일반적인 목욕탕과 시스템이 전혀 다르다. 1인용으로 운영되는 세신숍이다.

하얀 대리석에 화려한 조명과 벽에는 고급스러운 그림이 걸려 있다. 그리고 안에서는 은은하게 클래식 음악이 흐른다. 안내원이 예약을 확인한 뒤, 나연이는 안으로 들어가 옷을 갈아입고 1인실로 들어간다. 룸은 총 여섯 개로 운영된다. 각각의 룸은 독립적이라 다른 사람과 전혀 마주칠 일이 없다.

안에서 몸을 씻고 반신욕을 하고 있으면, 잠시 뒤 세신사가 들어와서 때를 밀어주는 시스템이다. 나연이는 혼자서 느긋한 시간을 보낸다. 그러고 있는데 스마트폰에 메시지가 온다. 바른에게 온 메시지이다.

「

'차 새로 뽑았어.'

'진짜? 뭔데? 뭔데?'
」

바른이가 보낸 차의 사진은 '람보르기니 우라칸'이다. 색상은 녹색이다. 물론 바른이의 소유 차량이 아니라, 중고차로 파는 제품이다. 나연이는 이 사실을 전혀 모른다.

「

'뭐야, 색깔 완죤 내 스타일!'

'드라이빙 가야지.'

'조오치! 언제?'

'오늘 밤?'

'오늘은 안 돼. 이따 오디션 있어.'

'그럼 다시 날 잡자.'

'응.'

'지금은 뭐 하는데?'

'관리.'

'부럽구만.'

'난 이게 일이야.'

'무슨 관리?'

'여기 1인 세신숍이야.'

'뭐야, 그런 곳도 있어?'

'촌스러 ㅋㅋㅋ.'

'바빠. 이따 다시 연락하자.'

탕 안에 발을 담근 나연이는 몸에 대형 수건을 두른 상태로 휴대폰 카메라를 켜고 섹시한 포즈를 짓는다.

-찰칵! 찰칵! 찰칵!

그곳에서도 셀카를 여러 장 찍어본다. 목욕을 다 마치고 밖으로 나온 나연이는 카드로 결제한다. 85분 사용한 비용은 총 11만 원이다. 나연이가 옷을 입고 나가자마자, 바로 다음 손님이 들어온다.

얼굴이 뽀송뽀송해진 나연이는 집에 가서 명품 옷을 갈아입고, 걸어서 논현동에 있는 미용실로 간다. 시간은 오후 4시. 그녀의 왼쪽에는 유명한 30대 여배우가 앉아 있고, 뒤에는 다른 남자 연예인과 여자 셀럽도 여럿 보인다. 나연이는 그 사이에서 기가 죽지 않으려고 어깨를 펴고, 도도하게 턱을 든다. 곧 40대 남자 미용사가 와서 나연이의 머리를 만지기 시작한다.

미용사가 나연이의 머리를 염색하는 동안, 나연이는 스마트폰을 꺼내 거울에 비친 자기 모습을 여러 장 사진으로 찍는다. 그중에 제일 잘 나온 것만 골라 '인 앤드 아웃' 앱에 짧은 글과 함께 올린다.

「

바쁜 하루^^ 이곳이 헤어 맛집!

#오디션준비 #논현헤어

」

사진을 올리자마자, 순식간에 '좋아요'와 '댓글'이 달린다. 나연이는 기분이 한층 좋아진다. 그러는데 그녀의 오른쪽으로 20대 여자 아이돌이 앉는다. 여 아이돌은 나연을 알아보고 반갑게 말을 붙인다.

"어머, 진숙아 잘 지냈어? 너, 구진숙 맞지?"
"사, 사람 잘못 보셨는데요. 누구시죠?"
"진숙이 맞는데… 아닌가?"

사실 진숙이라는 이름은 나연의 과거 이름이다. 나연이는 고등학교 졸업 후에 촌스러운 이름을 세련된 이름으로 개명을 했다. 여 아이돌은 고개를 갸웃하더니 이내 말했다.

"에이 맞잖아. 옛날 얼굴이 남아 있네. 어디 어디 만진 거야? 진짜 몰라보겠다. 눈이랑 코 되게 잘 됐네. 티 안 나게. 어디 턱은 그대로인가?"

불편해진 나연이는 곧장 자리에서 일어나 벽 칸막이를

넘어 그녀가 전혀 보이지 않는 자리에 가서 앉는다.

"어디서 연기한다고 들었어. 열심히 하고 있지? 잘 되길 진심으로 응원할게."

여 아이돌은 나연이를 놀리듯 말했다. 나연이는 짜증이 확 치민다. 그러는데 바른이에게 메시지가 온다.

> '오디션 준비 중?'
>
> '으응'
>
> '오늘 머리 예쁘다.'

바른이는 나연이가 '인 앤드 아웃' 앱에 올린 미용실 사진을 본 모양이다. 나연이는 답장을 보낸다.

> '고마워잉.'
>
> '오디션 잘 보고.'

불쾌한 감정을 뒤로 하고, 나연이는 '인 앤드 아웃' 앱에 들어가서 자신의 사진에 달린 '좋아요'와 기분 좋은 댓글들을 보며, 마음을 달랜다. 조금씩 기분이 좋아지는 것 같다. 곧 나연의 입가에 미소가 걸린다.

잠시 뒤, 머리 염색이 다 끝나고 드라이까지 완벽하게 세

팅이 된 나연이는 기분 좋게 자리에서 일어나 계산대에서 결제한다.

"컬러 십오, 드라이 세 장해서 총 십팔만 원 결제하겠습니다."

미용실 직원은 나연에게 공손히 카드를 받아서 결제한다. 미용을 마친 나연이가 밖으로 나오자 어느새 해가 떨어져 어둑하다. 미용실 앞에는 검은색 벤츠 한 대가 서 있고, 나연이는 그 차 뒷좌석에 오른다. 벤츠는 어디론가 이동한다.

벤츠 뒷좌석에 앉은 나연이는 여전히 스마트폰으로 '인 앤드 아웃' 앱의 좋아요 숫자와 댓글들을 보며, 기분 좋은 감정을 느낀다. 몇몇 댓글에 대댓글을 단다. 그사이 벤츠는 어느 건물 앞에 멈춘다.

건물 지하 1층 간판 이름이 '자연'이다. 나연이는 지하 1층으로 내려간다. 그곳에 들어가자, 연예인처럼 생긴 여자들이 복도를 걸어간다. 나연이는 카운터에 있는 나이 많고 예쁘게 생긴 여자에게 걸어간다.

"언니 저 왔어요."

나연이가 나이 많고 예쁜 여자에게 인사했다.

"응, 왔니?"

"오늘 드라마팀 없어요? 영화나?"

"5번이 제작자인가 피디라는 거 같던데."

나이 많고 예쁜 여자는 텐프로 가게 마담이다. 그리고 나연이의 본업은 텐프로 아가씨다. 나연이는 10분씩 방 다섯 군데 정도를 로테이션으로 돈다. 그러다 5번 방에 영화 제작자가 있는 방으로 들어간다. 안에는 남자 3명이 앉아 있다. 나연이를 포함해 새로운 아가씨 3명이 들어오자, 이전에 있던 3명의 아가씨가 바통 터치를 받는다. 삼촌이 양주에 들어갈 새 얼음을 채우고 재떨이를 치운 다음, 팁으로 5만 원을 받고 나간다. 나연이는 턱수염이 난 배 나온 남자 옆에 가서 앉는다.

남자 셋은 한창 사업 얘기를 떠들다가 파트너들이 앉자 그제야 뒤늦게 눈길을 준다.

"야, 넌 진짜 연예인 해도 되겠다."

나연이 옆에 앉은 남자가 나연이를 보고 말했다. 새로운 양주가 세팅되자, 나연이는 능숙한 솜씨로 새 얼음을 채우고 양주를 따른다.

"어디 드라마라도 하시나 봐요."

　　　　　그럴싸한 이야기

나연이가 모른 척 시치미를 떼고 물었다.

"아, 우린 드라마는 아니고 영화 하는 팀. 여긴 투자자이고 이쪽은 영화감독."

나연의 파트너 남자가 다른 이들을 소개했다. 나연이는 예의 바르게 그들에게 인사했다.

"영화 쪽에 관심 있어?"
"관심 있으면 꽂아주시게요?"
"오늘 하는 거 봐서."

나연이 파트너가 징그럽게 웃었다.

"무슨 영화인데요?"

관심이 많은 나연이가 먼저 물었다.

"비트코인에 관련된 영화인데."
"코인이요?"
"코인이 요즘 핫하잖아. 코인 소재 영화도 아직 없고. 그리고 여기 있는 제작자가 또 비트코인으로 재미를 많이 봤어. 그래서 투자도 하는 거고. 여기 앉은 감독님도 또 코인에 조예가 깊으신 분이거든."

"제목이 뭔데요?"

"도지할래."

"야한 거죠?"

"저급하게. 우린 안 벗어. 주연은."

"그니까 에로란 얘기잖아요."

"애가 예술을 모르네. 살색 나온다고 다 에로가 아냐. 우린 작품성 위주로 해외 영화제용 작품을 찍을 거야. 깐느라고 들어나 봤니?"

"오빠, 칸을 누가 몰라? 그래서 내용이 뭔데요?"

나연이 파트너인 제작자가 영화의 줄거리를 설명했다. 나연이는 흥미롭게 영화의 스토리를 들었다. 제작자는 징그러운 미소를 흘리며 나연이에게 계속 추파를 던졌고, 결국 나연이는 그 영화에 오디션을 보러 가기로 약속까지 잡았다. 그날 나연이가 여러 방을 돌면서 받은 팁과 하루에 번 돈은 총 150여만 원이었다.

며칠 뒤, 나연이는 골프장 4홀에서 멋지게 골프 스윙을 날린다. 공이 그림처럼 예쁘게 날아갔다. 그녀가 골프 치는 모습을 며칠 전 자신을 제작자라고 소개했던 남자가 엉덩이를 쭉 뒤로 빼고 스마트폰으로 동영상 촬영을 해준다. 나연이는 자신의 스마트폰으로 받아서 영상을 확인한다. 스윙하는 뒤태가 늘씬하고 아름답게 잘 나오자, 나연이는 만족스러운 미소를 짓는다. 바로 동영상을 '인 앤드 아웃' 앱에 짧은 글과 함께 올린다.

> 오랜만의 라운딩, 세상을 다 가진 기분 헤헤
> #굿샷 #운동하는여자 #파죠아 #보기시러

'좋아요'와 '댓글'이 이전보다 훨씬 더 많이 늘었다. 나연이는 오늘도 기분이 좋다. 그러는데 바른에게 메시지가 온다.

> '나연아, 요즘 왜 이케 연락이 안 돼? 바빠?'

나연은 바른이의 메시지를 보고 답장을 하지 않는다. 골프 카트를 타고 이동하면서 나연이는 스마트폰을 손에서 놓지 않는다. 나연이와 골프를 같이 즐기는 팀은 제작자 외에 그날 텐프로에서 봤던 영화감독과 제작자도 있다.

한편, 바른이는 지난번에 방문했던 왁싱숍 '깔끄미 뷰티 끄'에서 왁싱을 받는 중이다. 그는 나연에게 메시지를 몇 개 더 보내지만, 그녀는 아예 메시지를 읽지도 않는다. 바른이는 요가할 때 하는 고양이 자세를 취한 상태이고, 빨래집게로 코를 집은 민혜는 바른이의 엉덩이 부근에 넓게 펴 바른 왁스를 힘껏 떼어낸다.

-지지지 직, 좌좌 아아악!

"아아아악!"

바른이는 지난번보다 더 큰 비명을 지른다.

잠시 뒤 손님이 모두 사라지고 숍에 혼자 남은 민혜는 제득에게 메시지를 보낸다. 그런데 제득은 며칠째 답장이 없다. 너무 걱정되어서 그에게 전화를 걸었는데, '지금 거신 전화는 고객의 사정으로 의해 당분간 착신이 정지되어 있습니다'라는 음성 목소리가 들린다. 놀란 민혜는 '인 앤드 아웃' 앱에 접속해 그의 계정을 찾는다. 그런데 '죄송합니다. 페이지를 사용할 수 없습니다'라는 메시지가 나온다. 계정이 사라진 것이다. 민혜는 엄청나게 당황하고 황당하다.

"얘 뭐야? 아, 진짜 욕 나오네."

순간 화가 나서 스마트폰을 세게 집어던진다. 바닥에 높이 튕긴 스마트폰의 액정에 '쩍' 금이 갔다.

새벽 4시 무렵에 제득이는 텐트 속에서 자고 있다. 그런데 그 텐트는 강남의 유명 백화점 입구 앞에 있다. 조금씩 시간이 지나자, 제득이 뒤로 20대로 보이는 앳된 남녀들이 하나둘 줄을 서기 시작한다. 그러다 백화점 오픈 시간인 10시 30분이 가까워지자, 줄을 선 사람들이 개미 떼의 행렬처럼 끝이 보이지 않을 정도로 길어진다. 여기서는 제득이가 1등이다. 제득이는 하품하며 텐트에서 나와서 던지면 펴지는, 초간

편한 텐트를 단번에 작게 접어서 겨드랑이에 낀다.

드디어 백화점 문이 열리고, 제득이는 빛의 속도로 백화점을 향해 달린다. 그의 뒤로 수많은 사람이 단거리 달리기 선수처럼 미친 듯이 달린다. 제득이는 달리기도 1등이다. 그는 제일 먼저 롤렉스 매장 앞에 도착해서 들어간다. 그리고 헉헉거리며 매장 직원에게 묻는다.

"혹시 오늘, 서브마리너 스타벅스 들어왔어요?"

"서브마리너 녹색 베젤 모델 말씀하시는 건가요? 고객님?"

"네에….."

"있습니다."

"와, 개꿀! 와하하!"

얼굴에 비질 땀이 흐르던 제득이는 너무 기뻐서 크게 소리친다. 제득이는 곧바로 그 제품을 카드 할부로 구매한다. 정가는 1,881만 원이다. 그리고 포장을 뜯지도 않은 채 바로 백화점 건물을 배경으로 사진을 찍어서 유명 중고 직거래 앱인 '딸기나라'에 올린다.

「

미개봉, 서브마리너 스타벅스!

아깝지만 눈물을 머금고 팔아요.

직거래만 해요. 연락해주세요.

가격 3,000만 원. 쿨 거래 시 네고 가능.

　재판매가로 천만 원이 넘게 붙였는데도, 수많은 사람이 관심을 보이며 메시지를 보낸다. 그들끼리 심한 경쟁이 붙는다. 그중에서 3,100만 원에 오늘 당장, 사겠다는 사람이 나타난다. 제득이는 그 사람과 곧바로 만나기로 약속을 정한다.

　30분도 안 되어서 약속 장소에 녹색 람보르기니 우라칸이 멈춘다. 드림카를 본 제득이의 눈이 휘둥그레진다. 우라칸에서 내린 이는 다름 아닌 바른이다. 바른이는 포장을 뜯지 않은 롤렉스를 확인한 뒤, 곧바로 폰뱅킹으로 3,100만 원을 송금한다. 그리고 그 자리에서 포장을 뜯어서 손목에 찬다. 명품 시계 롤렉스와 람보르기니 우라칸이 서로 같은 녹색으로 무척이나 잘 어울린다. 바른이는 폰으로 시계와 차가 동시에 보이게 앵글을 잡고 사진을 찍어서 '인 앤드 아웃' 앱에 올린다. 수많은 사람이 '좋아요'와 부러워하는 '댓글'을 단다. 바른이는 어깨가 올라가며, 우쭐해진다.

　오늘 하루, 기분이 너무 불쾌한 민혜는 혼자 5성급 호텔에 딸기 디저트 뷔페를 먹으러 왔다. 1인에 8만 2천 원짜리 뷔페다. 딸기 케이크, 딸기 푸딩, 딸기 빵 등 딸기로만 만들어진 것이 예쁘게 진열되어 있다. 민혜는 접시에 그것들을 푸짐하게 담아서 호텔 바깥 경치를 바라보며 디저트를 즐긴다. 기분이 한결 좋아진다. 민혜는 사진을 찍어서 '인 앤드 아웃'에 올리는 것도 잊지 않는다.

그러다 스마트폰으로 온 알람 메시지를 읽는다.

「

구인(성별 무관)

1. 근무 기간: 영업일 기준 10일, 약 2주

2. 근무 장소: 이탈리아, 파리, 독일

3. 근무 시간: 매장 오픈~폐점 전 방문 매장 바잉 완료까지

4. 급여: 100만 원(프리랜서 계약서 작성)

5. 업무: 명품 매장 줄 서기

6. 당사 지원: 왕복 항공권(사비로 귀국일 조정 가능)

」

눈이 커다래진 민혜는 바로 거기에 신청서를 넣는다.

며칠 뒤, 민혜는 프랑스 에펠탑을 배경으로 사진을 찍는다. 그걸 '인 앤드 아웃' 앱에 올린다. 이전보다 훨씬 더 많은 '좋아요'와 '댓글'이 달린다. 거기서 몇몇 괜찮은 남자를 찾아서 그 사람의 계정에 들어가서 '좋아요'를 누른다. 남자들에게 '비밀 메시지'가 온다. 민혜는 굉장히 기분이 좋아진다.

민혜뿐만 아니라 바른이와 제득, 나연이도 각자 화려한 장소에서 사진을 찍어 '인 앤드 아웃' 앱에 사진을 올린다. 그리고 각자 다른 매력적인 남녀들에게 '비밀 메시지'를 보낸다. 이제 그들은 서로 다른 인연에게 관심이 있다. 이제 더는 예전의 인연은 관심이 없다.

오늘도 수많은 사람이 '인 앤드 아웃' 앱에 환상적인 사진을 올리고, '좋아요'와 '댓글'을 받으며 살아간다.

사랑에 목마른 그들.

인스타그램을 보면, 모두 행복하고 잘 살고 멋지고 예쁘고 걱정이 없어 보인다. 모두 좋은 것만 선택적으로 올린다. 다소 과장된 이야기일 수 있지만, 4명의 개성 있는 캐릭터를 통해 현대인들의 이면을 그려내고 싶었다.

작가 소개

독립 장편영화 2편을 제작, 감독, 각본을 맡아서 개봉시켰다. 현재는 상업영화를 준비 중이며, 틈틈이 장편 소설 집필을 하고 있다.

대리기사 김여사

본 작품은 영화 시나리오를 소설 형태로 정리한 것으로
원본의 느낌을 최대한 살리는 방향으로 편집하였습니다.

1

뒤에서 빵빵거리는 클랙슨 소리가 세 번째 들렸다. 통화 중이던 현주는 룸미러와 사이드미러로 뒤를 확인하고 운전석의 창문을 올렸다. 자동차의 썬팅 농도는 아주 강한 편이라 밖에서는 안이 전혀 보이지 않았다. 현주는 통화를 이어 나갔다.

"김 작가, 그 자식은 날려버려. 갤러리가 자기 기분대로 일정을 맞춰주나. 아주 간이 배 밖으로 나왔어. 날려! 날려!"

현주의 차 뒤에는 인테리어나 건축과 관계된 자재와 기계 설비들을 실은 화물차가 서 있는데, 먼지와 페인트 자국이 잔뜩 묻은 작업복의 남자 둘이 타고 있었다. 운전석 남자가 시선은 현주의 차를 보면서 조수석 남자에게 화를 내듯이 외쳤다.

"저거 미쳤나. 왜 저래! 도대체 왜 안 가!"

"제가 나가 볼까요?"

"가만있어봐. X 같은 벤틀리⋯."

"저거 한 3, 4억 하죠?"

현주의 차는 옵션 없이 본체 가격만 2억 7천만 원이 넘는 벤틀리였다. 문제는 2차로에서 보도 쪽으로 차를 바짝 세우지 않고 어중간하게 세워서 뒤차가 중앙선을 침범하지 않고는 추월하지 못한다는 점이었다. 반대차로는 계속 차가 밀려 있는 상황이고⋯.

인테리어 차 뒤에도 차가 밀리기 시작하고 클랙슨이 울렸다. 인테리어 차의 남자들도 옴짝달싹 못 해서 난감했다. 테이크 아웃 커피전문점에서 하얀색 부분 머리염색을 한 교복 입은 여자애가 커피 트레이를 들고 뛰어나와 벤틀리 차로 들어갔다.

"엄마! 더치 비엔나 없대서 그냥 카라멜 마키아또 샀다."

"넌 왜 그런 불량 커피를 좋아하니? 프랜차이즈 제품 먹지 말라고 그렇게 말해도⋯."

"난 맛있는데⋯."

"이번 모의고사 결과 언제 나오니? 수학 성적 더 떨어지면 알지?"

"아이, 엄마-."

현주는 고양이 눈으로 째려보고 아이는 주눅 들어 커피 종이컵 테두리를 씹었다.

인테리어 차 남자들이 혀를 찼다.

"커피 사려고? 지금까지 있었던 거야? 와 씨발!"

현주는 차를 출발시켰다. 인테리어 차 남자들이 허탈해하며 현주의 차 뒤를 따라가기 시작했는데, 현주의 차가 좌회전 깜빡이를 켜면서 중앙선을 넘어 반대차로에서 신호를 기다렸다.

인테리어 차 남자들이 소리친다.

"와 미쳤다. 미쳤어! 김여사! 정말 와!"

앞쪽에서 우회전하던 차가 현주의 차 때문에 가로막혀 가지 못하고 클랙슨을 울렸다.

"엄마! 앞에 차가 비키라는데?"
"괜찮아, 급하면 자기가 돌아가겠지."

앞의 차가 클랙슨을 다시 울려도 현주의 차는 굳건히 버티고 꿈쩍하지 않았다.

대리기사 김여사

3개월 후.

잠시 말을 멈출 수밖에 없었던 현주는 아직도 눈앞에 보이는 아이가 자신의 딸이라는 것을 믿을 수 없었다. 하얀색 부분 염색 머리의 중학교 2학년 민지라는 애는 폰 게임에 정신 팔려서 현주가 자신을 바라보는 것을 알았지만 무시하고 있었다. 현주와 민지는 조금 전까지도 방 청소와 정리 문제로 열심히 설전이 오고 갔었다.

하지만 현주는 말싸움을 하면서도 속으로는 '이런 말싸움을 내가 왜 하나?' 허망한 마음이 들었다. 현주의 기억에는 민지라는 딸이 없었다. 현주는 기억 상실증 환자였다. 딸이 있었다는 것조차 기억이 안 났다. 솔직히 거울을 봐도 '자신의 얼굴이 원래 이렇게 생겼나?' 할 정도로 생소한 지경인데 '누군지도 모르는 애 하고 왜 말다툼을 하나?' 하는 생각이 든 것이었다.

민지는 게임을 하면서도 현주가 또 정신이 멍하다는 것을 눈치챘다. 현주의 기억 상실증을 처음 알게 되었을 때 민지는 세상에 혼자 남은 고아가 된 것처럼 두려워져서 현주에게 매달려 울면서 제발 기억해달라고 울부짖었다. 의사가 환자 기억 회복에 좋지 않다고 막았지만, 민지는 며칠을 같이 자면서 자다 깨면 다시 울고불고 매달렸다. 하지만 현주는 퇴원하여 할머니 집으로 와서도 냉정하게 거리를 두고 의아한 눈빛으로 민지를 바라만 보았다.

민지의 태도가 바뀌는 것은 오래 걸리지 않았다. 현주의 기억 상실 전에도 민지는 현주의 공부하라는 잔소리가 숨도 쉬지 못할 정도로 힘들었고 가슴이 답답하여 미칠 지경이었는데, 갑자기 자신을 처음 보는 사람처럼 취급하고 바보처럼 어눌해진 모습이 자기 엄마 같지 않다고 느껴지기 시작했다. 거기다가 낯선 외할머니의 초라하고 작은 집에 살게 된 것이 정말 싫었다. 민지의 머릿속에서는 화가 나도 참았던 옛날의 분노, 엄마가 자신을 못 알아보는 답답함, 거지나 사는 곳이라고 놀렸을 집에서 자신이 살아야 한다는 현실의 어이없음 같은 감정이 뒤죽박죽 돌고 돌았다. 그리고 그 감정들은 극적으로 공격적인 반응으로 나타났다.

   "아줌마! 나 알아?"

   갑자기 귀에 들려온 말에 현주는 순간 움찔했다. 사실 그대로 "너 모르는 애다. 기억도 안 나고 누군지도 모르겠다"라고 솔직하게 얘기할 수 없었다. 중학생이라 해도 아직 어린데…. 고민하는 현주를 보고 민지는 한번 더 강하게 찔렀다.

   "아줌마하고 남인데 왜 상관해?"
   "그래도 방은 치우고 살아야지. 이게 뭐니? 방에 쓰레기가…."
   "깔끔떨기는… 나가기나 해요."

"너어어…."

무시당한 현주는 화가 나서 민지를 째려보았다. 그러자 갑자기 민지가 현주를 껴안고 흐느끼며 울기 시작했다.

"엄마 나 정말 생각 안 나? 엄마!"

현주는 기억하려고 애썼다. 하지만 도무지 기억이 없다.

"나는… 정말…."

민지가 현주를 다시 확 밀어 거리를 벌렸다. 민지 눈가에 눈물 자국이 없었다. 민지는 울지 않았다. 거짓으로 우는 척 연기했던 거다.

"거봐! 아무 느낌 없지. 기억도 없고 멍청한 아줌마!"

현주는 어떻게 반응해야 할지 몰랐다. 단지 어린 여자애한테 놀림당하고 자신이 부정당하고 있다는 느낌만 강했고 화가 났다.

현주가 민지의 빰을 짝 소리 나게 때렸다. 때리고 나서 현주도 놀라고 맞은 민지도 놀라서 잠시 서로 마주 보고 있었다.

"미안… 나도 모르게…."

현주의 사과가 채 끝나기도 전에 민지는 현주의 머리칼을 잡고 늘어지기 시작했다. 현주는 순간 당황했지만, 바로 둘은 엎치락 뒤치락 몸싸움을 하기 시작했다.

두 사람은 뒤엉킨 채로 자리가 넓은 거실로 나와 본격적으로 싸웠다. 서로 옷을 찢고 주먹으로 때리기도 하고 서로 매달리다가 바닥에 쓰러져 뒤엉켜 레슬링 같은 형태가 되었다. 민지가 먼저 유튜브에서 보았던 격투기 관절 기술을 쓰려고 했지만, 정식으로 배운 적이 없어 어설펐다. 오히려 체중이 더 나가는 현주가 잘 버티다가 결국 전신 거울을 쓰러뜨려 깨트리고 말았다.

"잡것들아! 조용히 해!"

건넛방에서 물건 깨지는 소리와 함께 외할머니의 고함이 들려왔다. 민지는 팔에, 현주는 배에 상처가 나고 피를 보고야 싸움을 멈췄다. 깨진 거울 조각에 비친 두 사람의 몰골은 산발한 머리와 늘어진 옷과 여기저기 상처들 때문에 말이 아니었다.

현주는 말없이 깨진 거울을 주워서 정리했고, 민지는 방 안의 넘어진 집기와 화장품, 옷가지, 쓰레기들을 정리했다. 현주는 청소하다가 젊은 시절의 자신과 초등학생 민지, 그리고

60대 정도로 보이는 여자가 함께 찍은 사진을 멍하게 바라봤다. 사진 속에 세 사람은 포크로 과일을 먹으며 웃고 있었다.

민지가 그걸 보더니, 냉장고에서 토마토를 꺼내와 현주에게 하나를 건넸다.

사진을 바라봐도 아무것도 기억이 안 나는 현주는 죄인인 양, 바닥을 바라보며 천천히 토마토를 베어 물었고 민지도 그 옆에서 말없이 먹었다.

3

현주의 엄마, 민지의 외할머니 승희는 사이비 무당이었다. 신내림을 도와주는 일명 신어머니라고 하는 선배도 없이 자신이 셀프로 신내림을 하고 대뜸 대나무 깃대에 백기와 적기를 올려 달아서 무당집을 차리고 신점을 치고 굿을 했다. 그런데 아무리 사이비라도 점치는 능력으로 찾아오는 사람에게는 신기를 보여야 했는데 어디서 오는 자신감인지 진짜로 신령님의 보호하사인지 잘나가던 시절에는 주변에서 용하다는 소리도 듣고 제법 유명했다. 하지만 지금은 이빨 빠진 호랑이 신세로 원래부터 있지도 않았던 신빨도 없어졌고 무엇보다 결정적인 문제로 치매가 왔다. 치매 조짐은 몇 년 전부터 나타났지만, 현주는 평소에도 사이비 무당 어머니를 잘 찾아오지 않았고 관심조차 없었다. 승희는 그동안 치매 증상을 여러차례 보였지만 주변에서도 무당이 하는 신령 모시는 이상한 행위인 것으로 생각해서 뒤늦게 치매인 것을 알게 되었다. 하지만 현주는 승희의 치매 사실을 알고도 요양원에 모시지도 않았고 별다른 조처를 하지 않은 채 이따금 생사 확인을 위한 방문을 했을 뿐이었다.

방문을 열자마자 코로 들어오는 악취는 승희의 똥오줌 냄새였다. 현주는 문을 열 때마다 나는 냄새 때문에 코 아래에 '안티프라민 연고'를 바르고 마스크를 쓰고 들어갔지만, 여전히 구토가 났다. 70대 승희의 발목에는 가죽끈 족쇄가 채워져 있었고 그것은 장롱의 다리에 묶여 있었다. 현주는 갖고 들어온 밥과 몇 가지 반찬을 차린 쟁반을 바닥에 놓았다. 승희가 현주에게 달려들다시피 하면서 소리쳤다.

"뭘 훔치려고 왔어? 도둑년아!"
"식사 가져 왔어요. 어르신."

처음 몇 번은 놀랐지만, 현주는 이제 담담하게 대꾸할 정도는 되었다. 현주는 당연히 승희도 기억나지 않았다. 병원에서부터 지역 구청 사회복지 담당 직원, 사회복지사와 함께 이 집으로 들어와 살기 시작했을 때부터가 승희와의 첫 기억이다. 현주는 여기서 살기 위한 대가로서 노동력을 제공한다는 의미로 승희의 식사를 챙겼다.

"너 죄가 많구나. 저기 귀신 따라다니는 거 봐!"

현주는 밥 안 먹겠다는 3살 아이를 숟가락 들고 따라다니는 부모처럼 승희를 어르고 달래며 밥을 먹이고 반찬을 입에 넣었지만, 승희는 먹은 것에 반은 뱉어버리기 일쑤였다. 당연히 그런 와중에 반찬이나 밥그릇을 발로 차서 엎지르고 치우고 바닥을 다시 닦고를 반복했다. 다음 순서는 얼굴 씻기와 손발 닦는 것인데 물로 하는 것은 불가능했고 물수건으로 닦는 것조차 악전고투였다. 마지막이 옷 갈아입기였는데 가장 문제였다. 바지를 갈아입을 때, 족쇄를 한 번은 풀었다가 다시 채워야 하는데 그때를 노려 승희는 현주를 밀치고 집 밖으로 도망치기 일쑤였다. 밖으로 나간 승희를 다시 찾기도 어려웠고 잡기도 힘들어 그럴 때마다 구청 담당 직원에게 전화로 도움을 요청할 수밖에 없었다.

그런데 웬일인지 이번에는 옷 갈아입는 동안에도 얌전히 잘 따라주었다. 족쇄를 다시 채우는 동안까지도 현주는 불안하여 안심하지 못하고 손을 떨었지만, 결과적으로는 아무 문제없이 옷 갈아입히기에 성공했다. 한숨 돌린 현주에게 승희가 갑자기 제정신이 들어온 것처럼 말하기 시작했다.

"너는 어찌하여 애미도 못 알아보는 지경이 되었니? 무슨 업보가 그리 많아서… 다 제 욕심 때문이다. 평소엔 지 애미한테 코빼기도 안 보이고… 신령님한테 기도드리면 뭐해? 맘보가 그 모양인데…."

"어르신…. 엄마?"

현주는 승희의 다정한 말투에 울컥 감동하면서 자기도 모르게 엄마라는 소리를 내었다. 순간, 가늘고 긴 방귀 소리와 함께 승희의 엉덩이와 바짓단에서 오줌이 흘러나왔다. 분명 바지 안에는 똥도 같이 누었을 것이다.

4

벨이 울렸다. 현주는 승희의 뒤처리도 못한 상태로 현관문으로 달려가 문을 열었다. 구청 담당 복지사 직원과 사회복무요원이 반찬 같은 부식물을 들고 들어왔다. 두 사람 다, 집 안에 들어오자마자 코를 막았다. 당연히 승희의 똥 냄새 때문이었다. 그러나 곧 익숙한 듯, 사회복무요원은 승희 방의 창문을 열고 냄새를 빼고 복지사 직원은 승희를 달래며 옷을 벗기고 대야의 물을 가져와 씻기고 옷을 갈아입혔다. 승희는 복지사 직원을 오랜만에 본 딸처럼 반기고 말을 잘 들었다. 옆에서 가만히 서 있던 현주는 자신과 상관없는 일이라고 마음속으로 말했지만, 왠지 자신의 능력이 모자란 것 같기도 하고 승희가 이들을 살갑게 대하는 태도에도 질투가 났다.

대략 승희의 뒤처리가 마무리되자, 직원은 서류철을 꺼내 현주의 현재 상태에 대한 상황 파악에 들어갔다. 사회복무요원은 부식 재료와 반찬을 냉장고에 넣으며 정리하였다. 직원이 펜으로 서류철의 기본적인 체크리스트를 채워나가며 현주에게 질문했다.

"자, 일반적인 상황은 됐구요. 현주님, 현재 건강 상태는 어떠세요? 기억은?"

"똑같아요. 어른신이나 민지도 이제 아주 낯설지는 않구요."

"병원은 빼먹지 않고 잘 가시죠? 안 가시고 가셨다고 거짓말하시면 바로 확인됩니다."

"잘 가요. 안 빼먹고."

"오해하지 마시고요. 지원받는 분 중에 간혹 그런 분들이 있어서…."

대화는 사무적인 의심과 방어적인 불편함이 묻어있었다. 직원은 자리에서 일어나며 기억 찾는 것에 더 관심이 많으면 새로운 연구 프로젝트가 있으니 소개해주겠다고 했지만, 현주는 별다른 반응을 보이지 않았다. 직원은 마지막으로, 기억 빼고는 신체적으로 건강하니 공장일이든 봉사 활동이든 일자리를 알아봐줄 수 있다며, 사람이 일해야 소득도 생기고 생활 리듬도 찾아 기억도 잘 돌아올 거라고 강조했다. 현주의 머릿속에서는 직원이 자신에게 도움이 되는 말을 해주는 거로 생각했지만 말은 다르게 나왔다.

"제가 복지 지원금만 타 먹고 논다는 말씀이세요?"

"아니 그게 아니구요."

냉장고를 정리하던 사회복무요원이 뛰어와 싸움이 나기 전에 말렸다. 현주는 화도 나고 자존심이 상해 몸이 부르르 떨리고 나오는 눈물을 억지로 참았다. 그것을 본 직원은 얼른 인사만 하고 자리를 뜨면서 사회복무요원에게 마무리 좀 잘하라고 귓속말을 했다. 난감한 사회복무요원은 자기보다 17살이나 더 많은 아줌마가 울기 직전일 때에 어떻게 해야 하는지 전혀 생각이 나지 않았다.

"제가 여기가 마지막이라 퇴근 시간인데 드라이브 가실 래요? 구청 차가 있거든요."

현주는 말도 안 되는 상황에서 갑작스런 사회복무요원의 데이트 신청에 그저 고마워서 눈물이 흘렀다. 자연스럽지만 어색하게 사회복무요원이 현주의 어깨를 안아 다독이는데, 민지가 방에서 나와 기어이 한마디 하고 지나갔다.

"뭐하냐, 둘이? 둘이 사귀어?"

둘은 즉시 떨어졌다.

<hr />

5

사회복무요원이 구청 차로 퇴근하는 것을 배웅하면서 연

신 손을 흔들고 미소를 짓던 현주는 발길을 돌려 집으로 돌아오면서도 왠지 미소가 가시지 않았다.

그때 급브레이크를 밟으며 현주를 가로막는 벤츠 자동차가 있었다. 깜짝 놀란 현주가 화가 나서 운전자를 확인하는데, 뒷좌석에서 비싼 명품 옷을 입고 있는 수미가 창문을 내리며 얼굴을 내밀었다.

"나야! 타!"
"누구세요?"

현주가 누구인지 몰라 어리둥절한데, 수미가 차에서 내리면서 말했다.

"애가 정말 나도 모르는구나. 하긴 엄마도 새끼도 기억 안 난다는데…."

수미는 현주를 잡아끌어 강제로 차에 태우다시피 하고 운전기사에게 출발을 외쳤다.

"담배 끊었었나? 사탕 줄까? 음료수?"

차 안에서 수미가 현주에게 몰아붙이듯이 말을 건네자 현주가 말했다.

"당신 누구야? 나 아는 사람이야?"

수미는 그제야 현주의 상태를 확인하며 말을 해야겠다는 생각을 하였다.

"집부터 가자. 그러면 뭐 좀 생각이 나겠지."

수미의 차가 멈춘 곳은 넓은 잔디밭이 있는 단독주택이 었다. 한눈에 봐도 비싼 집이었다.

"여기가 니가 살던 집이야? 기억 좀 나는 거 있어?"

수미가 박물관 안내원처럼 집 가격과 대지 평수, 몇 년 동안 살았으며 자기 생각에는 심어진 나무의 위치가 문제가 있다와 같은 지극히 사적인 견해를 뒤섞여 말하기 시작했다. 이야기를 들으면서도 현주는 자신이 여기서 살았다고 하지만 도대체 실감이 나지 않아 여기저기를 손으로 만지며 둘러보았다. 그러다가 수미가 현주에 대해서는 신경도 쓰지 않고 "자기 같으면 나무를 뽑아버리고 꽃을 심겠다"라는 열변을 토하고 있을 때 현주는 벽돌벽을 더듬다가 벽돌 색깔과 같은 작은 스위치를 누르게 되었다.

순간, 작은 문이 열렸다. 안에는 감시 카메라가 있었다. 현주는 뭔가를 고장 낸 것은 아닌가 겁이 나서 수미가 보기

전에 얼른 다시 닫아 놓았다. 수미의 설명은 집 안 정원에 대한 자기 철학과 현주의 과거 이야기가 중구난방 되는대로 이어졌다. 현주는 처음 듣는 이야기라 받아들이기 어려웠는데 수미의 뒤죽박죽 설명 때문에 더 이해하기 힘들었다. 어쨌든 현주의 입장에서 수미의 말을 요약하자면 '내 남편이라는 작자가 수미라는 내 친구한테 돈을 꾸고 달아났다. 나는 남편과 이혼 진행 중이었고 남편은 현재 행방불명이다. 그러니 내가 대신 돈을 갚던가 남편을 잡아 와라' 라는 것이었다.

"미친 소리하네!"

현주는 어이없어하며 말을 던졌다. 영 못 믿겠다는 현주의 얼굴을 본 수미가 제대로 하지 않으면 씨알도 안 먹힐 것 같은지, 소매를 걷어붙이고 팔의 상처가 현주 때문에 생긴 거고 현주 머리의 땜통 자국을 찾아내어 거울을 보라면서 그것은 자신이 한 짓이라고 말했다. 이어서 자기 몸의 상처와 현주의 상처를 하나하나 유래까지 말하는데 현주 입장에서도 당사자가 아니면 그렇게 소상히 알 수는 없다는 생각이 들었다.

"당신이 말한 대로라면, 우린 벌써 누구 하나는 죽었어야 할 원수지간인데 아직도 친구 사이라고?"
"니 말이 맞아. 원수이자 친구 비슷한 거야. 워낙 서로 지기 싫어했으니깐. 20년의 라이벌, 애증… 아니, 아니 증오!"

"말도 안 돼!"

현주는 화가 나서 터벅 터벅 집 밖으로 나갔다. 수미가 뒤따라 나와 차에 타자 운전기사는 차를 몰아 걸어가는 현주의 옆을 따라갔다. 걸어가는 현주와 차 안의 수미가 나란히 가면서 서로 옥신각신 말을 했다.

"당신 말이 모두 맞다고 치자구. 그런데 왜 나보고 그런 일을 하라는 거야? 보아하니 당신은 돈도 많아서 사람 찾는 일은 일도 아닐 것 같은데. 굳이 날? 왜? 난 남편 얼굴도 생각이 안 나는데?"

수미는 버튼식 자동차 키를 현주에게 건넸다. 의아한 현주에게 턱짓으로 사거리 앞에 주차된 차 한 대를 가리켰다.

"저 차를 빌려줄게. 네 남편을 잡아 와. 돈도 찾아오면 더 좋고."

"내가 왜 꼭 그래야 하지? 안 해도 그만이야. 당신 말 들을 이유 없어!"

"좋아! 네 마음대로 선택해. 남편을 찾든가 말든가. 하지만 답답하지 않아? 넌 뭘 했던 사람인지? 왜 이렇게 살게 됐는지? 넌 대체 누굴까? 호호호…. 그럼 마지막으로 친구로서 부탁할게!"

수미의 차는 현주의 대답을 듣기도 전에 속도를 높여 '부웅' 떠나가 버렸다.

—— **6** ——

어이없어하던 현주는 시야에서 수미의 차가 사라지자 자연스럽게 남겨진 차로 시선을 옮겼다. 연식이 오래된 것 같은 아우디 차량이었다. 현주는 손에 쥔 자동차 키를 만지작거리다가 힘을 꽉 쥐고 차 쪽으로 걸어가며 자동차 키 리모컨을 눌렀다. 문이 열렸다. 운전석에 앉아 차 안을 둘러보니 오래되긴 했지만 새 차처럼 깨끗했다. 현주는 키박스에 자동차 키를 넣고 돌렸다. 엔진 시동음이 시원하게 들렸다. 현주는 기분 좋게 미소를 띠며 운전대를 잡고 기어를 넣는 순간 멈칫했다.

'내가 운전을 할 줄 아나?'

차가 움직였다. 비록 오토매틱이긴 해도 자기도 모르게 발이 자연스럽게 가속 페달과 브레이크 페달을 오가면서 밟았고 달리는 동안 현주는 근래 처음으로 자유로움과 자신감이 들었다. 하지만 현주의 차는 차선을 제대로 지키지 못했다. 외부의 시선에서 보면 현주의 차는 난폭운전이거나 초보운전 아니면 운전 감각이 전혀 없는 좁은 시야의 일명 '김여사'의 차였다.

현주는 자기 딴에는 차를 안정적으로 운전한다고 생각

해 기분이 좋았지만, 곧바로 심각한 상황을 깨달았다. 지금 살고 있는 집 주소가 기억나지 않았다. 고민 끝에 구청의 사회복무요원에게 전화를 걸어 물어보려고 했다. 주머니에서 핸드폰을 꺼낼 때부터 차는 좌우로 요동치기 시작했다. 현주가 핸드폰에서 전화번호를 찾으려고 할 때 차는 횡단보도 앞의 우회전 순간이었다. 한 무리의 여고생이 지나가기 시작했다. 핸드폰 화면을 보다가 비명소리와 같은 환청과 함께 현주 눈앞에 검은 사람 형체가 휙 지나가는 것을 느끼고 놀라서 급정거했다. 지나가던 학생들이 놀라서 현주를 째려보고 건너갔다. 현주가 놀라 가슴을 진정하고 있는데 횡단보도를 지나가면서 자신을 째려보며 욕하고 간 여고생의 모습이 사라져버린 검은 형체와 함께 잃어버렸던 기억을 소환시켰다.

현주의 머릿속에 이미지들로 조각난 과거의 기억이 떠올랐다.

한적한 도로를 달리고 있는 차 안에서 현주는 한 남자와 말싸움을 하고 있었다. 그러더니 조수석에 앉은 현주가 차를 멈추게 하려는 듯 운전대를 잡아 돌리면서 발을 뻗어 브레이크 페달을 밟으려고 했고 운전석의 남자는 이를 필사적으로 막으면서 운전을 했다. 밖에서 보면 차는 거의 차선을 지그재그로 가로지르며 곡예 운전을 하는 듯 위태로웠다. 결국, 횡단보도를 지나던 여고생을 치고는 핸들을 급히 돌리다가 차가 뒤집히면서 구르다가 겨우 멈췄다. 현주는 정신을 잃었다.

현주가 기억하는 것은 거기까지였다. 알림음이 울려서

핸드폰을 확인하니 수미가 사진을 보내왔다. 남자 사진, '현주, 니 남편'이라는 제목이었다.

조금 전 현주의 기억 속 바로 그 남자였다.

— 7 —

현주는 어두운 밤길을 걸어가고 있었다. 검은 사람 형체의 무언가가 현주를 따라왔다. 무언가 소리를 내었지만, 사람의 목소리는 아닌 것 같아 알아들을 수 없었다. 검은 형체가 현주를 막 붙잡는 순간 현주는 비명을 지르며 잠에서 깼다.

핸드폰에서 전화벨 소리가 시끄럽게 울렸다. 승희가 무언가 소리를 치며 쿵쿵 발을 구르는 소리가 들려왔다. 전화를 받자마자 다급한 목소리가 들렸다.

"민지 어머님, 어디 계세요? 학교에서 난린데. 민지가 또 사고 쳤어요."

민지가 전학 가기 전 마지막 날인데 그동안 문제가 있었던 애들과 또 치고받고 싸운 모양이었다.

"거기 학교가 어디에 있는 거예요?"
"옛?"

현주는 집을 나서기 전에 승희의 방을 열어보았다. 승희가 방 여기저기에 똥오줌을 묻힌 채 멀뚱히 바닥에 앉아 현주를 바라보았다.

8

교무실에는 자신을 구세주처럼 반기는 민지의 담임이라는 여선생과 그 뒤로 보이는 민지, 그리고 민지에게 맞은 게 확실해 보이는 여학생 두 명과 엄마로 보이는 아줌마들이 기다리고 있었다. 현주가 들어서자 아줌마 한 명이 일어서더니 교무실 안에 있는 사람들 다 들리도록 큰 목소리로 소리쳤다.

"아니 전학을 가기 전날까지 사고를 치냐고? 경찰에 신고했으니 이제 봐라. 어떻게 되나!"

"잘했습니다. 난 이 애를 잘 모릅니다. 하지만 이 애한테 문제가 많은 건 압니다. 경찰서로 갑시다."

담담하게 대답하는 현주를 보고 다들 입만 벌리고 놀란 채 서로 마주 보고 있었다. 민지가 현주를 가리키며 입을 열었다.

"이 아줌마, 기억 상실증이에요. 뭐 그러든가 말든가…"

담임은 뭘 어떻게 해야 할지 머리가 아파서 의자에 주저 앉았다.

9

경찰서 건물 정문에서 맞은 애와 부모들이 투덜대며 나오고 거리를 두고 민지와 현주가 담담하게 걸어 나왔다. 사회복무요원이 형사에게 연신 목례 인사하는데 형사가 말했다.

"아니 집안 전체가 저러면 다른 기관에서 관리해야 하는 거 아니에요? 담당 공무원도 안 오시고…."
"일이 많으셔서… 제가 대신…."

그때 앞서 걸어가던 맞은 애 하나가 뒤돌아보며 민지한테 욕을 하며 놀렸다.
민지가 화가 나서 곧장 달려가 날아 차기로 그 애의 턱을 차버렸다. 옆에 있던 아줌마가 소리를 지르며 민지를 때리기 시작했다.
형사는 골치가 아픈 일임을 직감한 듯, 못 본 체 고개를 돌리고 안으로 들어가 버렸다. 사회복무요원이 뛰어와 말리려고 하는데, 그동안 보고만 있었던 현주가 민지와 같은 폼으로 그 아줌마를 날아 차기 해버렸다.

"체급이 안 맞아요."

10

사회복무요원은 구청 공무 차량으로 현주와 민지를 집에다 데려다주었다. 집으로 가는 동안에 현주와 민지는 말한마디 나누지 않았다. 어색한 분위기를 깨려고 사회복무요원은 재미도 없는 이런저런 농담을 하면서 현주와 민지에게 말을 걸어보았지만, 모녀의 단답형 대답이 더욱 기운 빠지게 했다.

사회복무요원은 포기한듯 음악이나 들으려고 라디오를 켜는데 옛날 트로트 노래가 나왔다.

"딴 거 들어요."
"놔둬요."

민지와 현주가 서로 째려보며 라디오 채널을 돌리라고 지시했다. 사회복무요원은 분위기가 안 좋은 것 같아서 라디오 스위치를 끄려고 했다.

"그냥 둬요."
"딴 데 틀어요."

이제는 둘은 몸으로 힘겨룸하며 스위치에 손을 먼저 대려고 다퉜다.

"누가 도와주래?"

"애하고 어른하고 싸우는데 그럼 말려야지!"

"정의의 여신 나셨네!"

"말하는 싸가지가 누굴 닮아서…"

"엄마가 언제…"

"나 너 몰라! 누가 엄마래?"

민지가 입을 다물자 현주도 창밖을 바라봤다. 두 사람의 기세에 눌려 말도 못 하고 있었던 사회복무요원이 활짝 웃으며 말했다.

"집에 다 왔습니다."

먼저 차에서 내린 민지가 대문이 열린 것을 보고 뛰어가면서 외쳤다.

"할머니!"

깜짝 놀란 사회복무요원도 차에서 내려 집 안으로 달려들어갔다. 사회복무요원은 열려있는 승희의 방 안은 확인해

보지도 않고 다른 방문을 열어가며 승희를 찾았다. 민지도 집 안을 뒤지며 할머니를 찾았다. 현주는 집에 들어오자마자 곧바로 승희의 방 안으로 들어갔다. 족쇄가 뜯어져 있었다. 이빨 자국이 남아있었다. 현주는 내심 '괜히 느슨하게 풀어주었나?' 하는 자책감이 들었다.

"어디 잘 가시는 데 없어요?"

사회복무요원의 물음에 현주는 고개만 좌우로 흔들었다.

"일단 같이 가요."

사회복무요원이 앞서고 현주와 민지가 따라나섰다. 구청 공무차에 다시 탄 세 사람은 집 주변 골목을 찾기 시작했다.

민지가 동네 위쪽을 찾아본다고 차에서 내렸다. 사회복 무요원과 현주는 차를 타고 골목길을 구석구석 누볐지만, 승 희를 찾을 수 없었다.

현주는 좁은 골목길 구석구석을 빠르게 살피는 사회복무 요원의 운전 실력에 감탄하며 말했다.

"운전 정말 잘하시네요."
"일단 실종 신고부터 먼저 해야 할 것 같은데요."

사회복무요원은 현주를 걱정스럽게 바라봤다.

"실종 신고하면 찾을 수 있어요?"
"그거야 뭐 일단 사고가 나거나 그러면 경찰에 신고가 들어가고 저희 구청한테도 연락이 되고…."

현주는 처음으로 사회복무요원의 명찰을 제대로 보았다.

"박희준 씨, 저 그럼 찾는 거 부탁할게요."

차가 골목을 돌아가면서 점점 풍물 소리가 크게 들리기 시작했다.
차 앞을 바라보니, 마을 노인회관 같은 곳에서 풍물패가 연습 중이었다. 희준이 '엇' 하며 손가락을 가리켰다. 승희가 한 손에 막걸리 병을 들고 풍물패 한 가운데서 아까 현주와 민지가 차 안에서 들었던 트로트를 신나게 부르며 흥을 이어나가고 있었다.
현주는 재차 말했다.

"사람 찾는 거, 부탁 좀 할게요."

희준은 할머니가 바로 눈앞에 있는데 사람을 찾아달라는 현주가 무슨 소리를 하는지 멀뚱히 바라봤다.

11

경찰서 지상 주차장은 한가했다. 희준은 빈 주차 칸 옆에 구청 차를 대충 주차하고는 금방 갔다 올테니 잠깐만 기다리라고 하면서 현주의 대답도 듣지 않고 차 문을 열고 뛰어나갔다. 운전석에는 자동차 열쇠가 그대로 꽂힌 채 매달려 있었다. 희준은 친구인 경찰청 전산실 공익요원에게 매달려 사정했다. 전산실 공익요원은 펄쩍 뛰며 말했다.

"야! 큰일 나! 나중에 감사에 걸릴 수 있어! 개인적인 사람 뒷조사는 절대 안 돼!"

"나도 알지. 하지만 저 아줌마… 빨리 해결해야 하거든."

"너 아줌마한테 꽂혔냐? 아님 아줌마 딸? 쌔끼, 취향이 극단적이네."

"개소리 말고 빨리."

"아이템 넘겨! 콜?"

"X새끼 정말."

희준이 자조적으로 '내가 이렇게까지 해야 하나' 갈등하는 동안에 전산실 공익요원이 컴퓨터로 누군가를 조회하기 시작했다.

"남편이 수의사네. 딱히 범죄 사실 관계는 없는데…. 어! 뺑소니 수밴데…."

"그래? 뺑소니 말고는 다른 건 없어? 여기서 법원이나 등기소는 연결 안 되냐?"

"아이씨, 경찰이 뭐 다 알 수 있는지 아냐? 이 사람 무슨 사업을 폐업했는지, 집, 건물 팔았는지는 니네 구청이 더 잘 알지. 우리가 뭘 알아?"

"에이 괜히 왔네."

"X새끼야, 그래도 전국 어디에서 사고 나서 잡혀 있으면 우리가 제일 잘 알지."

"에이, 나 간다."

희준이 가려고 하자, 전산실 공익요원이 불러 세웠다.

"야! 이 아줌마, 딱지 왕인데! 이런 미친… 교통 위반 딱지가 26개야! 도대체 벌점이 얼마야 이거!"

둘이서 컴퓨터 화면을 보며 혀를 차고 있는데 건물 밖에서 차 경고음들이 요란하게 들려왔다. 희준은 싸한 느낌이 들어 얼른 복도로 뛰어나가 창문 밖을 바라보았다. 주차장에는 어느새 민원 차량들이 가득 들어섰는데, 자신이 타고 온 구청 차가 앞뒤로 주차된 차를 들이받아서 범퍼가 부서져 있었다. 현주가 사고 난 차 주인들하고 싸우고 있었다.

'아! 망했다.'

아연실색하는 희준 옆으로 전산실 공익요원이 다가와 출

력된 종이를 손에 쥐어 주면서 사고 현장을 내려다보며 놀리듯 말했다.

"으아! 이건 과태료나 범칙금이 문제가 아니네. 합의 상황 아닌가? 출동하라 요원!"

12

무표정한 희준은 현주 앞에서 출력된 종이만 바라보며 읽기 시작했다.

"이름 강시경. 47세, 수의사, 전과는 없고… 뺑소니 수배… 아이씨… 그냥 여기에 다 있으니까 알아서 보세요. 합법이든 불법이든 제가 할 수 있는 거 다 한 겁니다. 퇴근 시간 늦었어요. 저 바쁩니다."

희준이 현주에게 종이를 주면서 가려고 하자 현주가 말을 걸어 잠시 잡으려고 했다. 희준은 양손으로 귀를 막고 안 들린다는 제스처를 하면서 떠나갔다. 혼자 남은 현주는 잠시 생각하다가 희준의 뒤를 따라가며 수미에게 전화했다.

"지금이라도 내가 그만두겠다면 어쩔 거니?"
"깜깜하게 사는 거지. 왜 인생이 이 모양 이 꼴일까? 그런 의문은 접고, 하루하루 사는 것도 나쁘지 않을 거야. 내가 가끔 찾아갈게. 히히!"

수미가 얄밉게 이죽거렸다.

"내가 남편을 찾으면 나한테 뭘 줄거야? 그냥 사람 고용해도 돈 들잖아."

"천하의 김현주가 드디어 돈 얘기를 꺼내네. 야! 돈 뜯긴 건 나야! 니 남편 때문에 내가 손해 본 경우라고…."

"그래도 움직이는데 최소 경비가 들어. 난 아시다시피 땡전 한 푼 없어."

"알아서 해. 그런 걸 왜 나한테 말해? 구질구질하게…."

"그럼 하나만 약속하면 내가 알아서 할게."

"뭐?"

13

네온사인의 불빛이 가득한 밤거리, 50대 중년 남자와 사복을 입은 희준이 차도 옆에서 서성거렸다. 중년 남자가 이상한 듯 고개를 갸웃거리며 물었다.

"20대 초반으로 보이는데…. 대리 운전 고용이 되나? 그런 업체가 있어요? 경력 없다고 안될 텐데…."

"제가 이쪽에 아시는 분들이 있어서요. 소개로 됐습니다. 중고차 매장에서 일했어요."

"아하!"

중년 남자의 핸드폰에 '띠링' 알림음이 울렸다.

"취소네. 난 이곡동으로 움직일 테니 다음에 보세!"

희준이 실망한 얼굴로 걸어가는 중년 남자한테 인사를 하고 뒤 돌아보니 현주가 서 있었다.

"사회복무요원이 대리기사 겸직은 불법일 텐데."

"아니 아줌마가 여긴 어떻게…."

어버버 제대로 말도 못 하는 가운데 건물 안쪽에서 외제 차가 나왔다. 신형 벤틀리였다. 업소 직원이 운전석에서 내려 희준에게 차키를 주면서 말했다.

"삼성동 대리기사시죠? 여기 있습니다."

희준은 현주에게 신경을 쓰다가 얼떨결에 차키를 받고 말았다. 희준은 정신 차리고 운전석의 문을 열고 뒷좌석 차주에게 말했다.

"죄송합니다. 제가 이 차는 감당이 안 돼서요. 운전 못 합니다."

"8만 원으로 가시죠."

차주는 70대로 보이는 노신사였다.

"제 보험 한도를 넘어서요. 죄송합니다."

"10만 원으로 안 되겠소?"

그때 현주가 얼른 조수석 문을 열고 탔다.

"됩니다. 선생님. 얼른 타. 희준아!"

현주의 갑작스러운 행동에 희준이 다시 어버버하고 있을 때, 노신사가 의아한 듯 물었다.

"누구신지요?"

"저희가 2인 1조로 대리기사하고 있어요. 제가 타도 괜찮으시죠. 선생님?"

지금까지 들어보지 못한 상냥한 현주의 목소리는 꼭 TV 쇼호스트 같은 말투였다.

"빨리 타! 춥다. 희준아!"

얼떨결에 희준은 운전석에 앉았지만 엔진 시동 버튼도
어떤 것인지 파악이 안 됐다.
현주가 '여기' 하며 엔진 시동 버튼을 눌렀다. 차 시동이
부드럽게 걸렸다.

"여기, 버튼식 기어!"

현주는 희준에게 지극히 상냥하고 가식적이며 사무적인
미소를 지어 보냈다. 차가 출발했다. 차주인인 노신사는 희준
의 어린 나이로 짐작할 때, 어느 정도의 급가속이나 급제동이
있을 거라 각오했는데, 급한 커브길이나 차가 밀리는 구간과
속도를 내는 구간에서의 연결도 부드럽게 정속 주행을 하는
것을 보고 내심 놀라며 감탄했다. 거기다가 현주는 가는 동안
심심하지 않게 노신사에게 말을 걸었고 노신사는 다행히 현
주와의 대화나 내용을 마음에 들어 했다. 현주는 대화를 이어
나가면서도 이따금 희준이 모르고 버벅거리는 룸미러 조작
버튼 위치를 알려주었다.
아무 문제없이 목적지에 도착해서 주차장에 주차까지 완
벽히 끝냈다. 노신사는 현금 결제를 하고 현주와 희준, 남매를
칭찬하고 집으로 들어갔다.
그제야 긴장이 확 풀린 희준이 약간 짜증을 내며 말했다.

"어떻게 된 거예요? 나 미행했어요? 아줌마?"

"돈도 많이 벌었는데… 섭섭하네! 동생!"

"아줌마! 장난 아니라고요."

"나도 장난 아니야. 이거 구청에서 알게 되면 복무 기간 늘어나나? 혹시 영창? 벌금?"

"아줌마 저 협박하는 겁니까?"

"부탁이 있어. 나 좀 도와줘. 응?"

현주가 애원조로 말했다.

--- **14** ---

현주는 희준에게 수미에게서 받은 아우디를 보여줬다.

"우와! 이거 95년식인데…. 외관은… 관리 진짜 잘 된 차네요! 어디서 났어요? 원래 아줌마 차예요?"

희준의 첫 반응으로 놀랍다는 감탄사가 튀어나왔다. 하지만 현주의 대답도 듣기 전에 곧바로 전직 중고차 매장 직원으로서 내심 전문가임을 자부한 희준은 전문가답게 엔진 시동음부터 체크하기 시작했다. 이후 희준은 혼잣말로 자문자답을 하며 차 안의 내부와 엔진룸, 트렁크, 차 밑바닥까지 확인했다.

희준이 너무 완전 집중한 상태라 말 붙이기도 조심스러울 지경이었지만 현주가 조용히 한마디를 건넸다.

"나 운전 좀 가르쳐 줄 수 있어? 운전 교습!"

어이없다는 표정으로 희준이 차 밑바닥에서 급하게 획 나오면서 말했다.

"에? 운전 교습이요? 어젯밤에 보니까, 차에 대해 잘 아시는 것 같더니만… 운전 교습이라고요? 아 맞다! 딱지가 26개가 넘었었지!"

"내가 왜 그 차에 대해서… 잘 아는지는… 나도 몰라. 물론 면허도 있고 운전도 하지만… 잘 하지는 못해. 그래서 가르쳐 달라고…"

희준이 바지 주머니에 손을 넣으며 현주를 약간 삐딱하게 바라보았다.

"얼마 주실 건데요?"

"지금 당장은 나 돈 없어. 잘 알잖아."

"없었던 얘기로 하죠. 저 갑니다."

"너! 대리기사 하는 거 구청이 알게 되면 병역법 위반에 벌금이야!"

"정말 신고하실 거예요?"

"부탁할게. 도와줘."

희준은 한숨을 한번 쉬고 말했다.

"알았습니다. 대신 엄청 빡셀 거예요. 중간에 관두시는 건
제 책임 아닙니다."

"일부러 괴롭히거나 모욕 주는 거 아니지."

"왜 이러세요. 저 엄청 젠틀맨입니다."

15

희준의 특훈은 안전벨트 매는 법부터 시작했다. 현주가
너무 어린애 초보자 취급하는 것 아니냐는 반항도 무시하고
앉은 자세와 핸들의 거리, 수동 자동 기어 조작까지 반복하고
또 반복했다. 희준은 F1 자동차 경주에 나가는 선수처럼 눈 감
고도 기계의 조작음과 차의 반응을 몸으로 느끼는 것을 강조
했다. 바닥에 그려진 선 간격을 점점 좁히고 시간 제한을 걸어
서 코스 운전을 시키고, 평행, 후진, 전면 주차를 방향 바꿔서
또다시 반복 또 반복시켰다. 현주는 지치고 힘들어 자주 쉬었
다가 하자고 요청했지만, 운전의 FM 교육을 내세우는 젠틀맨
희준은 더욱 몰아세웠다. 현주는 신호등 표시와 각종 지시판
을 다시 외우고 희준에게 쪽지 시험을 보고 새롭게 바뀐 도로

교통법 개정안을 외웠다.

그리고 드디어 거리 주행 연습이 시작되었다. 횡단보도 통과할 때와 좌우 회전, 유턴 시 주의점, 핸들 조작과 속도와 차간 거리 유지 방법과 대형 차량과의 간격과 시야 거리 확보, 돌발 사고 전조와 법규 위반 차량이 접근할 때에 방어하는 법 등, 그리고 희준은 무엇보다 도로에서는 절대로 혼자 운전하는 것이 아니라 전체 교통 상황에 맞게 자기 차를 어떤 지점에서 어떤 속력으로 유지 또는 가감할 것인지를 판단하는 자세를 강조하였다. 현주는 희준의 강박에 가까운 교육에 너무 지쳐서 그만 포기하고 싶다는 생각이 들었다.

하지만 반복 연습으로 갑작스러운 외부 반응에 대처할 생각을 하기도 전에 몸이 자동으로 움직여 핸들과 기어 조작이 가능하게 되니까 현주는 여유가 생겨 점차 운전 시야가 넓어지는 것을 느꼈다. 확실히 예전보다 더 먼 곳까지 교통 상황을 보게 되고 거울을 통해 보는 것보다 더 많은 각도에서 일어나는 일에 대비할 수 있어서 현주는 자신감이 생겼다.

하지만 눈치 빠른 희준은 현주의 섣부른 자신감에 주의를 시키면서 대형 쇼핑몰에서 잘못된 주차를 하는 사람과 주차요금소 통과할 때 주차권 못 빼는 사람, 2차선에서 갑자기 주차하고 도로변 인근 가게에 커피 사러 가는 사람을 보여주었다. 현주는 왠지 익숙한 느낌에 기억은 안 난다면서 자기도 모르게 얼굴이 빨개졌다.

그리고 마침내 현주는 희준의 깐깐한 도로 주행까지도

인정받자 환호성을 질렀다.

"최종 통과입니다. 아줌마. 제가 축하하는 의미로 치킨 쏠 게요."

"닭까지? 군인이 무슨 돈이 있다고? 고마운 건 난데 내가 쏴야지."

"저 월급 받았어요. 그 정도는 돼요."

—— **16** ——

희준은 거실에 상을 펴고 치킨 세트 포장을 펼쳐놓았다.

민지가 뚱하게 바라만 보고 있었다. 현주가 민지 눈치를 봤다.

"어서… 하나… 먹어봐."

희준이 승희 방으로 가면서 말했다.

"할머니도 모셔올게요."

"아니, 따로 드려도 되는데…."

희준은 현주의 대답을 마저 듣지 않고 승희를 부축해서 데려왔다.

상 앞에 앉은 승희에게 현주가 닭 다리를 건네주었다. 승희는 닭 냄새를 맡더니 허겁지겁 먹기 시작했다. 민지가 닭 조각 하나를 집어 들고 말했다.

"옛날엔 이런 프랜차이즈 치킨은 거지들만 먹는 거랬는데… 이런 건 먹는 거 아니랬는데….."

"민지 너 옛날에 엄청 부자였구나. 왜 닭을 안 먹어? 이렇게 맛있는데….."

희준이 괜히 분위기 띄운다고 시범 보이는 것처럼 닭을 먹기 시작했다.

"엄마가 그랬다구…. 이 아줌마가….."

현주는 난감했다. 순간 조용해진 자리에 승희가 오도독오도독 소리를 내며 닭뼈까지 씹어먹자 민지가 승희가 먹는 반쯤 먹은 닭 다리를 빼앗았다.

"할머니 안 돼! 뼈는!"
"나쁜 년, 자기만 먹으려고 뺏어가네."
"아유– 할머니!"
"맥주나 사와라. 이것아."
"할머니, 우리 돈 없다구! 우리 거지야!"

현주가 다시 한번 풀이 죽었다. 희준이 문득 생각난 듯 말을 꺼냈다.

"아줌마도 대리기사 해볼래요?"

— 17 —

처음 손님을 만나러 가는 동안 엄청나게 긴장했던 현주는 막상 20분 거리의 첫 대리 운전이 너무나 쉽게 끝나서 허탈감마저 들었다. 이후 2, 3번째 콜도 처음 가본 거리라 생소할 뿐 별 어려움이 없었다. 하지만 저녁 시간이 되고 퇴근 시간의 러시아워를 지나 약간 먼 거리를 가는 손님의 콜을 잡았다가 그 지역을 나오면서, 대리기사 일이 만만한 것이 아님을 알게 되었다.

어느새 밤이 깊었다. 현주는 그래도 마지막으로 하나만 더 하고 끝내자는 심정으로 콜을 받았다. 웬지 낯익은 번호판의 벤츠 차가 보였고 뒷좌석의 술 취한 남녀가 있었다.

현주는 대리기사라고 자기 소개를 하고 가는 방향을 다시 확인했다.

운전하는 동안 룸미러를 보니 여자는 현주와 비슷한 또래이고 남자가 훨씬 어려 보였다. 불륜보다는 비즈니스 관계라고 직감적인 촉이 왔다. 남녀는 술 취한 채 시시덕거리고는 남자가 여자 다리 사이로 얼굴을 파묻었다. 여자는 "하지 마!

안 돼"를 남발하면서도 좋아하는 얼굴이었다. 여자가 룸미러로 뒷좌석을 보던 현주를 보고 쏘아붙였다.

"아줌마는 신경 쓰지 말고 아줌마 일이나 하셔…."
"예."

현주가 움찔했다. 하지만 여자가 현주를 다시 바라봤다.

"너 현주니? 현주구나! 세상에…."
"누구? 누구세요? 저 아세요?"
"어머 소문이 사실이구나. 남편하고 해외로 야밤 도주했다, 자살했다, 기억 상실증으로 거리를 헤맨다, 별의별 소문이 있더니만. 살아 있었네."
"정말 저 아세요?"
"그런데 나야말로 의심이 가네. 진짜야? 기억이 안 나? 아님 돈 떼어먹으려고 쇼하는 거 아니지? 아- 자기야 거긴 너무…."

여자는 다리 사이로 더 파고드는 남자를 짐짓 손으로 막으면서 취기 오른 목소리로 횡설수설 이야기했다.
술 취한 여자의 이야기로, 현주와 자신의 관계, 수미와 현주 남편의 사업 문제들을 어느 정도 알게 되었지만 이야기는 술에 취해서 말이 안 되는 헛소리가 대부분이었다. 그러다가 집에 거의 도착하자, 여자는 지폐를 조수석으로 던져주면서 말했다.

"야! 잔돈은 가져. 기집애! 학교 다닐 때 그렇게 잘난 척 하더니…. 한순간에 바보 멍청이에다가 거지가 됐구나. 팔자 기구한 년! 근데 나 누군지 기억 나냐? 이름 알아? 나 이정애 야, 정애! 여기 내 명함! 너 명함 있니?"

손님 모신다는 명분과 대리기사 별점 때문에 꾹꾹 참고 있었던 현주는 핸들을 확 틀어 주차칸에 차를 주차했다. 급정 거로 정애와 젊은 남자가 뒷좌석에서 완전히 포개졌다.

"다 왔습니다. 손님."

현주는 차에서 내려 자리를 떴다.
정애는 멀어져가는 현주에게 욕을 하다가 젊은 남자한테 안겨서 좌석 아래로 내려갔다. 차가 흔들리기 시작했다. 현주 는 걸어가면서 정애의 말을 곱씹기 시작했다. 뿌옇던 기억의 조각 이미지들이 조금씩 명확해지고 있었다.

18

민지가 집안으로 들어서자 술 냄새 때문에 인상이 구겨

졌다. 승희 방문을 열어보니, 현주와 승희가 술을 마시고 있었다. 둘 다 술에 취했는데, 정도는 현주가 더 심했다.

빈 막걸리병과 소주, 양주병이 바닥에 굴러다녔다.

현주가 민지를 보고 술 취한 목소리로 지폐를 흔들며 말했다.

"어이 싸가지 여중생! 나 돈 벌었다."

민지가 혀를 차며 비아냥거렸다.

"세상에! 저 버릇은 변하지 않았네."

현주는 승희가 마시는 모습을 흐뭇하게 보며 말했다.

"와! 할머니 정말 잘 드시네."
"아빠가 아줌마 술 먹는 거 때문에 떠난 거라고. 이 아줌마야!"

민지가 소리를 꽥 지르고 방문을 닫고 나갔다.

"서 싸가지는 누굴 닮아서… 정말 요즘 가정교육이 문제에요. 애 엄마는 뭐하는지 쯧쯧…"

승희는 연신 막걸리를 마시며 입맛을 다시다가 물었다.

"그런데 아줌마는 누구야? 술도 사주고?"

"저요? 저 같이 살아요. 여기서."

"아 그래? 난 처음 보는 거 같은데 어딘지 낯이 익은 거 같기도 하고… 어머니를 내가 아는 사람인가?"

"글쎄요. 알 수도 있죠. 그런데 전 옛날 기억이 없어요. 아니 내가 누군지 어디서 살았는지. 기억이 하나도 없어요."

"응 그래? 한잔해."

승희와 현주는 술잔을 부딪쳤다.

"기억 안 나도 상관없어. 그냥 살면 돼. 기억하면 뭐 좋은 거도 없어."

"그렇죠. 할머니. 그런데 기억이 안 나니까 답답해 죽겠어요. 난 내 이름도 몰라요. 내가 누군지도 모른다니까요."

"이름 몰라도 돼. 한잔해."

승희와 현주는 술잔을 부딪쳤다.

"그런데 아줌마가 누구라고?"

"에이 참, 할머니. 내가 누군지 모른다니까요."

현주는 잠시 생각하다가 말했다.

"방금 나간 그 쬐끔한 싸가지 년이 그러는데 할머니가 나를 낳았대요."
"오 그래? 내가 아줌마를 낳았어? 한잔해."

승희와 현주는 술잔을 부딪쳤다.
거실에서 민지가 냉장고에서 콜라를 꺼내 벌컥벌컥 마시고 빈 캔을 쓰레기통에 소리 나게 확 던졌다.

—— 19 ——

민지는 방에서 자다가 거실에서 들려오는 시끄러운 TV 소리에 잠을 깼다. 시계를 보니 오전 11시가 막 넘었다. 창문에서 들어오는 햇빛이 세어지고 있었다. 아무래도 일찍 깬 것이 신경질이 나 방문을 벌컥 열고 거실로 나갔다.
예상대로 현주가 쇼파에 누워서 TV 드라마를 보고 있는데, 쓰레기통이 넘쳐서 주변에 빈 맥주 캔이 바닥에 떨어져 있다. 현주가 새 맥주캔을 따서 마셨다.
그런데 현주는 TV를 본다기보다는 맥주를 보면서 멍 때리는 것 같아 보였다.
민지는 썩은 맥주 냄새에 얼굴을 찡그리며 현주 옆의 리모컨을 들어 TV를 꺼버렸다. 현주가 다시 전원이 들어온 가전

제품처럼 소리쳤다.

"야! 다시 켜!"
"시끄럽잖아. 나 잠도 못자고 깼어!"

현주가 리모컨을 뺏어 다시 켰다. 민지가 화가 나서 TV전원 플러그를 뽑았다.

"야! 너 학교 안 가?"
"일 안 나가? 대리기사 한다며!"
"낮에 손님 별로 없어. 밤에 나가야 돼. 너 날라리야? 학교 안 가?"
"날라리? 조선시대야? 아줌마가 뭔데 가라마라야?"

현주는 약간 움찔했지만 이내 화가 나서 말했다.

"이 기집애가 진짜 어른 말에 바득바득 소릴 지르고 지랄이야!"
현주가 민지를 잡아 때리려고 민지 머리채를 잡는데 민지도 저항했지만 힘에 밀렸다. 민지가 주변의 물건을 현주에게 마구잡이로 던지지만 제대로 맞추진 못했다가 어쩌다 얼굴에 정통으로 맞췄다. 던진 민지도 놀라 집 밖으로 도망가고 화가 더 난 현주가 쫓아 나갔다. 조용해진 거실에 승희가 문을 열고 나왔다.

"아유 미친년들 왜 그리 싸우고 난리야. 배고파 죽겠네."

승희 발의 가죽 족쇄가 풀려 걸쳐진 채 질질 끌렸다.

<hr>

20

핸드폰 어플 화면으로 보고 다시 차량번호를 재확인한 현주는 차로 가서 운전석을 열고 차주와 인사했다. 차주는 대기업의 젊은 과장급처럼 보이는 남자로, 노트북으로 한참 검색과 뭔가를 작성하기도 하면 바빠 보였다. 현주는 핸드폰을 운전석 대시보드 앞에 거치하고 내비게이션 어플을 켰다.

"선호하시는 경로 없으면 내비대로 가겠습니다."

차주는 시선을 노트북에 고정한 채, 대충 머리만 까딱거려 동의했고 현주는 즉시 차를 출발시켰다.

차는 강변도로로 들어섰다. 다행히 도로 상황은 막히지 않았다. 차주는 영어로 전화통화도 하면서 노트북 작업도 동시에 하는데 어떤 사업의 계약서 변경 문제를 다시 작성해야 하고 계약 먼저하고 리스크는 나중에 검토한다는 내용이었다.

결국 상사에게 해결만 하면 승진과 커미션도 보장해주겠

다는 확답을 듣고 차주는 자기도 모르게 주먹을 쥐고 성취감의 작은 환호성을 질렀다. 이제 시간 맞춰 약속 장소에 가기만 하면 되는 상황이 되었다. 차주는 그제야 현주에게 관심을 가지고 말을 걸었다.

"운전 잘하시네요. 아까 타이핑하는데 전혀 안 흔들려서 도움이 많이 되었습니다."

"고맙습니다."

"보통 낮에 일하시면 이상한 손님은 별로 없죠? 워낙 미친 인간들이 많아서…."

"네, 낮에는 별로 없죠. 다들 친절하세요."

도로 상황이 조금씩 막히기 시작했다. 차주가 차량의 느려지는 속도 변화에 약간 초조해지는 듯 손가락 꺽기를 하다가 전화를 걸었다.

"나야! 뭐해? 그거 저번에 사지 않았어? 색깔? 사이즈? 참나- 알았어. 저녁에 뭐해?"

도로의 차들이 정체되어 있고 차 안도 조용해서 핸드폰에서 나오는 작은 소리였지만 현주 귀에도 잘 들렸다. 여자 친구인 모양인데 하이톤의 짜증난 말투였다.

현주가 룸미러로 차주를 슬쩍 보니 현주가 듣는지 의식

하는 것 같았다. 현주는 교통 상황이 나오는 라디오를 켜고 너무 크지 않게 볼륨을 조정했다. 차주는 통화하면서 감사의 말 없는 목례를 룸미러로 현주에게 보냈다.

도로 상황은 거의 주차장 상황이 되었는데 시내에 주간 음주 단속이라는 내용이 라디오에서 흘러나왔다. 옆 차선에서 갑자기 무리하게 차선 변경을 하는 차가 밀고 들어왔다. 그 차 때문에 현주도 방어 운전 하느라 핸들을 급히 꺾는 바람에 운전석 사이로 물병이 떨어졌다. 현주가 무의식적으로 물병을 주워 원래 위치에 놓다가 리모컨을 건드렸다. 차에 장착된 블랙박스 화면에 실내 카메라에 녹화된 영상이 나왔다. 차주와 어떤 여성의 카섹스 장면이었다. 여자의 신음소리가 크게 울렸다. 현주가 당황해서 리모컨을 다시 눌렀는데 잘 작동이 되지 않았다.

차주의 핸드폰에서는 여자 친구의 큰 소리가 들렸다. 차주가 당황하며 리모컨을 뺏어 껐다.

"여보세요? 아영아! 아영아! 이거 니 목소리야! 니 소리라고!"
"죄송합니다."

현주가 룸미러로 차주에게 살짝 목례 하면서 사과했다.
핸드폰에서 소리 지르는 여자 목소리가 들렸다.

"옆에 여자 누구야!"

"대리기사 아줌마야! 아영아! 아영아!"

여친 목소리는 더 이상 나지 않았다. 차주는 핸드폰을 좌석에 휙 던졌다.

"아, 시발! 이년은 자기 목소리도 몰라!"

현주는 미안해서 거듭 사과했다.

"죄송합니다."

"됐고요. 아이 나 X됐네. 아줌마 길 좀 빨리 못 가요?"

교통 상황을 뻔히 알면서도 차주는 징징거렸다. 당연히 조금 전 여자친구 일 때문에 지랄하는 것이었다. 은근 부아가 치민 현주는 도발했다.

"요금 더블로 주시면 갈 수 있어요. 단 카메라 딱지 걸리면 책임 못집니다."

"아줌마가 뭘 한다고? 여기요 돈! 할 수 있으면 해봐요. 교통 딱지는 상관없고요. 단, 차는 파손되면 안 돼요."

차주가 운전석으로 돈을 던지며 빈정댔다.

현주는 지긋이 입술을 물고 말했다.

"안전벨트 매요."

차주가 벨트를 맨 순간, 현주는 핸들을 크게 틀었다. 당연히 옆 차선에서 추돌 사고가 날 뻔했다. 클랙슨이 사방에서 울렸다. 현주는 차를 거의 가로로 차선 변경하기 시작했다. 그다음은 갓길운행이다.

"아줌마 미쳤어."
"꽉 잡아요."

시내로 들어가는 샛길로 들어가는 줄 알았더니 오히려 고수부지 쪽으로 들어갔다.

클랙슨을 울리며 고수부지 길을 빠른 속도로 가면서 중간중간의 자전거 타는 사람이나 전동 퀵보드 타는 사람을 좌우로 피해 나갔다. 현주의 차 속도 때문에 지나간 후에 놀라서 옆으로 쓰러지는 사람도 많았다. 뒷좌석의 차주는 진동 때문에 안전벨트를 매고도 사방으로 요동쳤다. 다시 시내로 나가는 샛길! 시내로 들어온 현주는 빨간 신호등 빼고는 거의 논스톱으로 달려 목직지에 도착했다.

"10분 일찍 도착입니다. 즐거운 하루되세요."

현주는 지폐를 들고 차에서 내렸다. 차주도 차에서 내려 멀어져가는 현주를 바라보다가 얼른 차 앞뒤 범퍼를 살폈다. 별 이상 없어 보여서 운전석에 타고 출발하려는데 옆으로 지나가는 차와 부딪쳤다.

—— 21 ——

명함을 내려다보던 현주는 고개를 들어 앞 건물의 간판 글자가 같음을 확인했다.

'정애 갤러리'라고 쓰여진 건물 앞 주차장에는 비싼 외제 차들이 줄줄이 있었다. 정문 경비를 관리하는 직원이 일일이 들어가는 사람을 확인하고 있었다.

"여기 혹시…"

"아이고 사모님, 오랜만에 오셨습니다. 외국 가셨다 오셨나 보네요. 들어가십시오."

직원은 문의하려는 현주를 바라보다가 깜짝 놀라며 아는 척 했다. 직원은 현주한테 공손하게 문을 열어 주었다. 순간 당황했던 현주는 의도적으로 턱을 세우고 당당하게 들어갔다. 엘리베이터 옆 정보판에서 관장실인 정애의 방 호실을 확인했다.

엘리베이터에서 내리자 바로 데스크에 앉아있는 여자 비서들도 현주를 알아보고, 정애에게 전화하려고 하는 것을 현주는 정애를 깜짝 놀라게 해주겠다는 구실로 통화 없이 관장실로 안내받았다. 혼자 관장실에 들어간 현주는 어떤 남자가 정애에게 주사를 놔주고 있는 것을 보았다. 방 가운데 접대용 긴 쇼파에는 현주 또래의 여자들이 축 처진 자세로 있거나 누워 있었다. 남자는 현주를 보고 놀라고 현주도 남자가 낯익어서 얼굴을 자세히 보자, 남자는 자신의 짐을 대충 챙겨 도망갔다.

정애도 현주를 보고 놀라서 말했다.

"니가 어떻게 여길…."

현주는 명함을 던지며 말했다.

"기억 안 나?"
"아! 그게 정말 너였니!"
"이거 뭐하는 거야? 무슨 주사야?"

그때 늘어져 있던 여자 하나가 말했다.

"이 반가운 목소리가 누구야? 김 큐레이터? 현주님?"
"오랜만이야. 김 관장 어서와!"

여자들은 현주를 아는 척했지만, 약에 취해 제정신들이
아니었다.

현주는 정애마저 취하기 전에 빨리 물어봤다.

"내 남편 어디 있는지 알아?"

"니 남편을 왜 나한테 물어? 아까 나간 양 사장한테 묻던
가?"

"양 사장이 누구야?"

"니 남편 동업자잖아. 약물 동업자."

현주는 비몽사몽하는 정애에게서 남편이 동물 약품업자
와 동물용 마약 성분의 약을 거래했다는 것을 알게 되었다. 그
밖에 고가의 불법 야생동물을 남편의 수의사 신분을 통해 거
래해서 상당한 돈을 챙겼다는 것을 알게 되었다.

"수미가 왜 내 남편을 찾지?"

"남편 사업에 돈을 댔잖아. 물주."

현주는 대충 상황이 이해되었다. 정애도 이제 거의 인사
불성이 되었다. 현주가 방을 나가려고 하는데 누워있던 여자
가 중얼거렸다.

"수미가 김 관장 남편 좋아했잖아. 대학 때부터 김 관장

시기하고 헐뜯고….”

　　현주가 가장 궁금했던 퍼즐이 거의 맞춰졌다. 하지만 남
편도 승희도 민지도 아직 잘 기억 나지 않았다. 다른 질문을
하려다 주변을 보니 정애와 여자들은 약에 취해 있었다. 현주
는 관장실에서 나와 데스크의 비서들에게 먼저 나간 남자가
주차권을 받았었는지 확인했다. 그리고 관장 지시라는 거짓
말로 차량번호를 알아내었다.

22

　　현주는 밤늦게 마지막 콜을 끝내고 집으로 돌아오고 있
었다. 골목을 지나가다가 한 무리의 학생들이 담배를 피우고
낄낄거리고 있는 것을 스치듯 보았다.
　　처음에는 지나치려고 했지만, 이상하게 다시 한번 눈길
이 가서 무리가 하는 수작을 자세히 바라보았다. 아이들은 캔
맥주를 마시면서 남녀 학생들의 공개 키스를 부추이고 있었
다. 그리고 왜 현주의 시선이 저절로 멈춰졌는지 곧바로 알게
되었다.
　　여학생이 민지였기 때문이었다. 민지의 입술과 남학생의
입술이 곧 만나기 직선에 현주가 짧게 소리쳤다.

　　“스탑! 거기까지.”

아이들은 느닷없는 아줌마의 등장에 일제히 시선이 쏠렸는데, 민지도 현주를 알아봤다.

"가자. 민지야!"
"아는 사람이냐?"
"응, 아줌마…."
"동네 아줌마는 그냥 가세요."

무리 중에 남자애가 나서는데 커터칼을 들자 민지가 현주에게 소리쳤다.

"아줌마나 가!"
"니 나이부터 술 먹고 이런 애들하고 놀면 인생 망가져."

커터칼 남자애가 현주에게 다가왔다.

"아줌마도 망가지게 해줄까?"
"술은 아줌마가 더 먹지. 난 안 먹어. 가라구!"

민지는 결심한 듯, 키스하려던 남자애를 붙잡고 깊게 딥키스를 했다. 아이들이 환호하고 휘파람 불고 좋아했다.
그때 현주가 커터칼 남자애의 칼을 맨손으로 잡아 버린다. 피가 주르륵 흘러내린다.

놀라는 아이들의 반응에 현주가 핸드폰을 높이 들어 보였다.

"아까 112 신고했다. 좋은 말할 때 모두들 가라!"

순간, 멀리서 사이렌 소리가 점점 크게 들려왔다.

아이들이 순식간에 흩어져 도망쳤다. 민지가 현주에게 다가왔다.

"아줌마, 그런다고 엄마 안 돼. 나 알아? 기억해?"

민지가 현주를 지나쳐가는 동안 현주는 아무 대답도 못하고 서 있었다. 민지와 키스했던 남자애가 현주한테 우스꽝스러운 표정을 지으며 조롱하고 앞서가는 민지에게 뛰어가 어깨에 손을 두르고 갔다. 그것을 본 현주가 아이들이 놓고 간 물건 중에 각목을 집어 들어 남자애에게 달려가 뒤에서 내리쳤다. 쓰러지는 남자애와 비명 지르는 민지. 경찰들이 달려와 현주를 잡았다.

23

경찰서 건물 정문에서 문을 열고 형사가 현주를 데리고 나왔다. 뒤에서 민지도 따라 나왔다. 형사가 현주에게 귀찮은 표정을 지었다.

"모녀끼리 번갈아 이러시면 곤란합니다."
"누가 합의금 내준 겁니까?"
"저기 계시네."

형사가 주차장의 외제차를 가리켰다.
현주는 차 안의 수미를 알아봤다. 현주가 수미에게 달려
갔다.

"야! 너 진짜 나한테 이러는 이유가 뭐야?"
"내가 뭘? 어려운 사람 도와주는 것도 문젠가? 그런데 야
라니? 나 누군지 기억나?"

현주는 입을 다물었다.

"자아– 어서 내준 숙제 열심히 하세요."

수미의 차는 떠나갔다.
현주가 주먹을 쥐고 부르르 떨고 있는 것을 보고 민지가
다가가려고 하는데, 희준이 구청 업무차를 타고 들어왔다. 희
준이 현주에게 달려왔다.

"아이, 왜 이렇게 통화가 안돼요?"

"민지! 너 또 사고쳤냐?"

"우이씨! 나 아니라고요!"

"암튼 큰일 났어요. 할머니가 교통사고 당했어요."

현주와 민지가 동시에 눈을 크게 뜨며 놀랐다.

24

병원 다인실에 의식 없는 승희가 누워 있었다. 간호사가 링거액을 확인하였다.

병실 문을 열고 현주, 민지, 희준이 들어와서 승희에게 다가왔다.

"보호자분이세요?"

"아… 예…."

"일단 타박상이 여러 군데 있지만 CT 검사로는 머리에는 이상은 없고 장기 출혈은 없어요. 단지 쇼크로 인해 의식이 없는 상태인데 곧 깨어나실 거예요. 평소에 지병이나 안 좋은 데 있으세요?"

간호사의 질문에 희준이 나섰다.

"치매 환자세요. 3기."

"아- 가족분들이 힘드실 텐데…. 어디 요양원에 계시지 않고 집에 계시나 봐요. 며느님? 따님? 깨어나시면 나가서 왼쪽에 저희 스테이션 있으니까 연락해주세요. 의사 선생님 곧 오실 거예요."

간호사가 나가고 희준도 퇴근한다고 인사하고 나갔다. 현주가 승희의 손을 잡을까 말까 하는데, 승희가 천천히 눈을 떴다.

"어르신 정신이 드세요?"

승희는 아무 말도 못 하고 좌우를 살피다가 현주를 바라보았다.

"아줌마 또 보네?"

"어르신 저 기억하세요?"

"그럼 작년에 송악산에 같이 버섯 따러 갔잖아."

현주는 그냥 장단 맞추며 말했다.

"아- 그렇죠. 어르신이 기억력이 좋으시네요. 저는 낳아준 엄마도 내가 낳은 딸도 기억 못 하는데…."

"간호사님에게 깨어나셨다고 알리고 올게요."

민지가 현주를 바라보다가 슬쩍 뒤로 빠지며 병실을 나
갔다.

"나간 애는 누구요?"
"같이 사는 사람이에요."
"밥은 먹었수?"
"어르신, 배 고프세요?"
"아니 그보다… 한잔할까?"

문을 열고 의사와 간호사가 들어왔다. 의사가 승희에게
바짝 다가왔다.

"할머니, 정신이 드세요? 어지럽지 않으세요? 여기 어디
에요? 이분 누구세요?"
"도둑놈의 새끼! 저리가! 이새끼! 나 안 따라 간다. 이놈
아!"

승희가 의사를 피해 침대 구석으로 몸을 움직이려고 하
자 간호사가 승희를 잡았다. 다른 간호사가 들어왔다. 의사와
간호사가 서로 이야기한 후 간호사가 링거호스에 주사를 넣
었다. 곧바로 힘이 풀린 승희가 잠든 것처럼 눈을 감았다.

"따님이세요? 구청 직원이 내일 요양원으로 트랜스한다고 하던데 알고 계시죠?"

"상태가 어떠신가요?"

"교통사고는 접촉사고 정도라 별문제가 아닌데, 치매 3기에 간암 말기이시고…."

"간암이라요?"

"엇, 모르고 계셨어요? 평소에 고통이 심하셨을 텐데…."

이후의 의사 설명은 현주 귀에 들어오지 않았다.

25

현주는 병원 계단 통로로 나와 바닥에 주저앉았다. 현주는 여러 가지 생각을 하나씩 복기해 보았다. 낮의 교통법규를 무시한 대리운전을 했을 때 기억나는 본인의 김여사스러운 운전 행태들, 정애의 갤러리에서 기억나는 본인의 불법 미술품 거래와 비난받고 싸운 기억들. 그러나 그 이상은 안개처럼 잘 기억나지 않았다. 머리를 벽에 콩콩 찧으며 자책했다. 계단 문을 열고 민지가 들어왔다.

"아줌마 뭐해요?"

"아니 아무것도…."

현주는 민지가 갑작스럽게 나타난 것에 놀라 일어서다가
계단을 헛디뎠다.

"엄마!"

민지가 소리쳤다.

현주는 중간 계단까지 굴러 내려가면서 머리를 계단에
부딪혔다. 순간적으로 기억나는 남편과의 일, 술 먹고 민지에
게 소리친 일, 현주는 젊은 시절 승희와 산에 버섯을 따러 간
일이 생각났다. 현주는 잠시 기절했다가 달려온 민지가 흔들
어서 정신을 차렸다.

현주는 민지를 잠시 멍하게 바라보았다.

"학생! 학생 엄마는 어떤 사람이었어?"

민지는 현주를 꽉 안았다.

26

현주는 희준을 통해서, 정확히는 희준의 전산실 공익요
원 친구를 통해서 정애의 방에서 먼저 나간 동물 약품업자의
차를 추적 조회하여 주소지를 알아냈다. 주소는 지방에 있는
동물 약품 도매상가였다.

현주는 아침부터 주변에 차를 세워놓고 잠복했다. 오전 10시나 되어서 상가에 나온 업자는 상가 문을 열면서 주변을 살폈는데, 문 여는 시간에 맞춰 화물차가 왔다.

화물차 기사들이 화물칸에서 겉으로 보면 무엇인지 알 수 없는 박스를 내리고 가게 안의 다른 박스를 다시 실었다. 화물차는 하루에 거의 서너 번은 오가는 것 같았다. 물건의 유통량이 많은 편이었다. 무슨 물건인지는 몰라도 지역 도매상 역할을 하는 것 같았다. 현주는 업자가 밥을 먹으러 차를 타고 나가거나 거래처에 가는 것을 형사처럼 따라다니며 안 들키게 미행하고 잠복하고 기다렸다. 현주는 업자가 남편과 만날 것을 기다렸다. 하지만 며칠을 따라다녀도 업자는 자기 일만 하는 것처럼 보였다. 현주는 영업시간이 끝날 때까지 기다렸다가 업자가 가게 문을 잠그려고 할 때 뒤에서 파이프로 업자를 내리쳤다. 쓰러진 업자를 현주는 끙끙대며 가게 안으로 끌고 들어가 책상다리에 업자의 손을 묶었다. 정신을 차린 업자는 현주를 알아보고 놀랐다.

"나 알죠? 내 남편 어딨어요?"

"이런 이거 안 풀어. 아줌마! 경찰 신고하면 당장 콩밥이야!"

"어이가 없네. 신고하면 누가 잡혀갈까? 동물보호법이든 마약 취급이든."

"암튼 난 당신 남편 모른다고!"

업자는 찔리는 표정을 하더니 말했다.

현주는 업자 몰래 핸드폰으로 전화를 걸었다. 밖에서 구청 업무차에 타고 있던 희준이가 핸드폰으로 현주의 전화임을 확인하고 차에 있는 경광등 사이렌을 작동시켰다.

밖에서 들리는 사이렌 소리에 겁을 먹은 업자가 현주를 처다봤다.

"빨리 남편 있는데 말해. 경찰 오기 전에 풀어줄 테니까."

업자는 망설이다가 말했다.

"여기서 하현리 쪽으로 가다가 보면 돼지 마을 농장에 있어. 거기."

"틀림없지. 확인할 거야."

현주는 폰으로 희준에게 전화했다.

"여보세요. 확인 좀 해줘. 여기서 하현리로 가면…."

그때 사이렌 소리가 멈추고 "구청에서 알려 드립니다" 하는 녹음된 차량 방송이 나왔다. 업자는 자기가 속은 것을 알고 흥분해서 힘을 주고 일어나는데 책상까지 들어 올려 넘겨버리고 손목을 묶은 끈을 끊어버렸다.

현주도 놀라 밖으로 도망쳤고 업자는 현주를 잡으러 뒤따라 나왔다.

현주가 뛰쳐나오고 업자가 뒤따라 나오자 희준이 차량의 서치라이트를 업자에게 비췄다. 현주는 희준에게 "경찰! 경찰!" 하고 외쳤다. 업자는 불빛에 놀라서 자기의 영업용 승합차를 타고 도망쳤다. 현주도 자기 차를 타고 업자의 차를 뒤쫓기 시작했다. 희준도 구청 업무차를 타고 뒤따라갔다.

앞서 달리던 업자의 승합차 옆으로 중앙선을 넘어 현주의 차가 나란히 달렸다.

현주가 핸들을 틀어 업자의 차를 밀었다. 놀란 업자도 핸들을 틀어 차끼리 몸싸움하듯이 나란히 가다가 아무래도 업자의 승합차가 무거워서 현주의 차가 밀리기 시작했다. 업자가 우쭐대는 승리의 미소를 띠자 현주가 급히 속도를 줄였다. 반대차선에서 오는 차를 봤기 때문이었다. 현주의 차가 갑자기 뒤로 빠져버리자 업자의 차가 반대차선에서 오는 차량과 마주 보고 충돌하는 상황이 되어버려서 업자도 급하게 핸들을 반대로 틀어서 차를 피했다. 하지만 업자의 차는 가로수를 들이받고 멈춰 버렸다. 현주는 차를 멈추고 업자의 차로 달려가 운전석을 열었다.

업자는 충격으로 이마에 피를 흘리고 있었지만, 외관상 크게 다치지는 않은 것 같았다. 현주는 업자를 끌어내려 다시 손을 단단히 묶고 승합차의 뒷문을 열었다.

화물칸에는 온갖 불법 야생동물들이 투명 박스에 들어

있었다. 종류도 다양해서 도마뱀, 뱀, 앵무새, 쥐 등등과 동물 의약품 박스들이 있었다. 뒤이어 희준이 달려왔다.

"와 이게 다 뭐예요. 희한한 동물도 많네."
"불법 수입 동물이야. 무지 비싼 거."

현주와 희준은 쇼크 때문에 겨우 정신이 들기 시작하는 업자를 들어서 화물칸에 넣었다.

"당신이 거짓말할 수도 있잖아. 남편 있는 거 확인할 동안, 여기에 있어."
"이거 안 풀어! 이 년! 너 내가 나가면 아주 죽여버린다."

정신을 좀 차린 업자가 화가 나서 소리치는 말에 현주 역시 화가 나서 욕을 한 바탕 퍼부으려다가 입을 꾹 다물고 뱀이 들어있는 박스를 떨어뜨려 풀어준 후 화물칸 문을 닫았다.
현주와 희준이 자리를 떠난 후 화물칸에서 업자의 괴성이 흘러나왔지만, 도로에는 차가 다니지 않았다.

— 27 —

돼지 농장 입구가 내려다보이는 언덕에서, 현주가 폰의 망원 카메라 기능을 이용해 농장 축사를 들락거리는 남편의 얼굴을 확인하였다. 현주는 희준에게 여기까지 올 수 있도록 도와준 것에 고마워하며 이제부터는 자기 일이니까 그만 돌아가라고 말했다. 희준은 아직 위험한 일이 생길지 모르니까 도와주겠다고 했지만, 현주는 지금까지도 정말 고마웠다고 나중에 연락하겠다며 희준을 돌려보냈다.

돼지들 사이로 돌아다니는 남자, 현주는 다시 한번 수미가 준 남편 사진의 아래에 적힌 강시경이라는 글자를 보며 입으로 되뇌었다. 현주는 뚜벅뚜벅 시경에게 다가갔다. 시경은 돼지들을 둘러보는 것에 정신이 팔려서 현주가 몇 발자국 안 남을 때까지 다가오는 동안에도 눈치채지 못했다.

"강시경!"

현주가 소리를 빽 질렀다. 시경은 깜짝 놀라 현주를 바라보았다. 돼지들이 더욱 꿀꿀거리며 웅성거렸다.

"니가 내 남편 맞냐? 어?"
"어어어…."

시경은 조금씩 뒷걸음질 쳤다.
현주는 시경에게 다가가다가 바닥에 널브러진 사료용 삼지창을 주워들었다.

"니가 정말, 사고로 정신을 잃은 나를 버리고 도망간 거
니? 말해! 이 돼지보다 못한 말종아!"

"현주야! 잠깐 진정하고… 잠깐 진정해. 그게 말야."

시경은 말은 이렇게 하면서 뒤로 돌아 도망치기 시작했
다. 현주가 삼지창을 들고 뒤쫓았지만 들고 뛰기에는 삼지창
의 무게가 무거웠다. 현주는 시경에게 힘껏 던졌지만 멀리 못
날아가 바닥에 떨어졌다. 현주는 약이 더 올라 시경이 뒤를 쫓
아 뛰어갔다.

시경은 돼지 돈사를 나와 언덕 아래에 있는 건물 쪽으로
뛰었다.

"야! 나쁜 놈, 죽일 놈! 거기 안 서! 내가 얼마나 고생을…
헉헉 너 때문에… 헉헉…."

현주는 시경을 뒤쫓아가면서도 쉬지 않고 욕을 하며 쫓
아갔다.

시경이 한참을 뛰어가다가 갑자기 멈춰 서버렸다. 그 바
람에 현주도 뛰어오다가 멈춰 섰다.

"고생이라고…. 나 때문에…? 어디 사모님, 무슨 죽을 고
생을 그렇게 하셨나?"

"헉헉… 나는 기억 상실증에 걸렸어. 헉헉… 아무것도 기

억 못하고 엄마도 딸도 기억 못하고 뭘하고 살았는지 아무것도 기억이 안 났었다구!"

시경이 갑자기 뒤돌아서서 현주를 똑바로 보면서 대차게 나왔다. 시경이 차가운 웃음을 지었다.

"어이구 그거 참 로또처럼 기쁜 일이 있었네. 그렇게 좋은 일이 있었어! 온갖 나쁜 기억 다 잊어서 좋았을 텐데. 아니 근데 지금은 다 기억이 나는가 보네. 엉?"

"야! 이 죽일 놈이 뭐가 어쩌고 어째."

"니가 얼마나 가식적으로 위선적으로 살아왔는지 기억도 안 나고 얼마나 좋았냐? 이 말이야! 말도 안 되는 그림을 수백 배로 팔아먹고 마음에 안 든다고 신인작가 하루 아침에 퇴출시키고 나한테 동물 마약 의약품 거래시키고 불법 동물 확인 도장 찍게 만들고 그동안 얼마나 돈 많이 벌었니? 그건 기억이 안 나서 슬펐냐?"

시경의 말 한마디 한마디가 현주의 머리를 때렸다. 그리고 한 조각씩 기억이 생생히 나기 시작했다. 자신이 했던 불법적인 미술품 거래와 무마시키기 위해 시경의 동물성 마약 의약품을 이용한 일, 모두 현주가 벌인 일이었다.

현주는 기가 탁 막혀 움직이질 못했다.

"이제야 제대로 기억이 나는가 보네."

시경이 당당하게 건물 안으로 들어가려 할 때 현주가 반격했다.

"당신 뺑소니범이야!"
"당신도 책임 있어. 나만 잘못한 거처럼 말하지마! 이혼하러 재판 가는 날 기억 나?"

현주는 사고가 있던 날 차 안에서 옥신각신 싸우던 일이 생각나기 시작했다.
확실히 현주가 핸들을 잡아 당겨서 사고가 난 것이다. 현주가 참담함에 아무 말 못하고 있을 때 차 한 대가 천천히 들어오더니 운전석에서 여자가 내렸다.

"사모님, 안녕하세요."

현주가 겨우 알아봤다.
시경의 동물 병원에서 일하던 간호사였다. 배가 약간 불룩했다. 현주는 직감적으로 임신인 것을 느꼈다. 시경은 차에서 가방 하나를 꺼내 현주 발밑에 던졌다.

"이거 우리가 갖고 가려던 돈인데 다 가져. 우리 해외로 떠날거야!"

시경은 간호사의 손을 잡았다.

"야!"

현주가 달려들자 시경은 현주를 가볍게 밀어버렸다. 현주는 바닥에 쓰러졌다.

"원래 이혼하려던 거였잖아. 당신은 또 언제 그랬냐는 식으로 마음을 바꾸고 또 다른 말을 하고… 인생이 항상 그런 식이었지…. 지겹다…."
"야! 민지도 버릴 거야!"

시경은 한숨을 크게 쉬고 현주에게 다가와 현주 주머니의 핸드폰을 꺼내 자기 번호로 전화를 걸었다. 확인하라는 식으로 자기 폰의 벨 울리는 것을 흔들어 보여줬다.

"나 멀리 갔다고… 민지한테는 나중에 전화한다고 해."

시경은 현주의 핸드폰을 바닥에 툭 던지고 간호사와 차를 타고 떠나갔다.
멀어져 가는 차를 보니까, 현주는 아무래도 이대로는 끝나는 것이 억울했다.

—— 28 ——

현주는 차를 타고 다시 시경의 차를 쫓아갔다. 현주는 중앙선을 넘어 시경의 차 옆으로 나란히 가면서 시경에게 핸드폰을 받으라고 자기 폰을 흔들었다.

시경은 주머니의 핸드폰을 꺼내 거치대에 놓고 스피커폰으로 조정했다.

현주의 목소리가 터져 나왔다.

"아무래도 이건 아니야. 사람들이 말야… 민지 아빠. 다시 생각해봐."

"이제 화도 안 난다. 현주야. 그만 이제 네 삶을 살아! 남들 하는 소리에 말도 안 되는 자격지심에 휘둘리지 말고 제발! 언제까지 전전긍긍 살래?"

시경은 핸드폰을 끄고 앞서 나갔다. 현주는 힘이 빠져 자기도 모르게 엑셀에서 발을 천천히 뺐다. 현주의 차가 중앙선 가운데를 걸쳐 느리게 갔다.

"언제까지 이렇게 사냐고…?"

현주는 혼잣말을 하면서 멀어져 가는 시경의 차를 바라봤다. 현주의 차가 중앙선에 걸쳐 있었기 때문에 양쪽에서 오는 모든 차가 멈추기 시작했다. 차들이 클랙슨을 울려댔다. 곧이어 운전자들이 고개를 내밀어 차에 탄 현주에게 욕을 해댔다. 하지만 현주는 멍하게 멀어져 가는 시경의 차를 응시할 뿐이었다. 그런데 길이 정체되기 시작하니까 시경이 운전하는 차로 반대차선에서 차 한 대가 중앙선을 넘어 불법 추월을 하기 시작했다. 시경은 갑자기 반대차선에서 차가 들어와 마주 오자 클랙슨을 울려댔다. 하지만 마주 오는 차의 차주는 내비게이션을 조작하는데 시선이 쏠려 다가 오는 시경의 차를 보지 못했다.

시경이 결국 브레이크를 급히 밟았지만 마주 오는 차의 차주는 여전히 앞을 보지 않고 속도는 그대로였다. 이대로라면 반드시 충돌할 것 같기에 시경은 핸들을 틀었고, 마주 오는 차는 그제야 시경의 차를 보고 브레이크를 밟으면서 핸들을 돌렸다. 하지만 양쪽에서 오던 두 대의 차는 완전하게 서로를 피하지 못하고 스치고 말았다. 하지만 워낙 속도가 줄여지지 않은 상태의 충돌이었기에, 시경의 차는 선로 밖으로 이탈하여 공중제비를 몇 차례 돌아서 넘어졌다. 그것을 본 현주가 놀라서 다시 액셀을 밟고 시경의 차 쪽으로 달려갔다.

바닥에 시경이 머리에 피를 흘린 채 누워있고 간호사가 응급처치를 하고 있었다. 현주가 차에서 내려서 간호사를 밀치고 시경의 상태를 살피며 소리쳤다.

"동물 병원 간호사가 뭘 알아요?"

"저 원래 일반 병원 간호사였어요."

입을 다물고 만 현주는 간호사에게 자리를 내주었다. 현주는 응급처치가 끝난 간호사가 119에 신고 전화를 해놓고도 걱정되어 발을 동동거리는 것을 봤다. 그제야 현주가 말을 걸었다.

"얼마나 걸린 데요?"

"교통 체증이라…."

"내 차로 가요. 옮깁시다."

"사모님 차로요? …근데 사모님 운전이…."

간호사의 기억으로는 현주의 운전 실력을 믿을 수가 없어서 망설였다.

현주도 간호사의 주저하는 이유를 짐작했지만 한시가 급했다.

"급하지 않아요? 빨리요!"

현주와 간호사는 시경을 뒷좌석에 옮기고, 간호사는 시경 옆에 자리를 잡았다. 현주는 갓길로 운전하기 시작했다. 현주는 룸미러로 시경의 상태를 확인하려다가 현주의 운전 실력에 놀란 간호사의 얼굴을 보았다.

"나 운전 잘하죠?"

현주는 그제야 고개만 끄덕이는 간호사의 배를 다시 보았다.

"몸은 괜찮아요?"
"사모님! 많이 달라지신 것 같아요."

고개를 끄덕이며 대답하는 간호사를 바라보며 현주는 작은 한숨을 쉬었다.

"저이 깨어나면… 잘 살아요."

간호사는 다시 고개만 끄덕였다.

갓길로 운전하던 현주는 최대한 빨리 차들 사이를 비집고 흔들리지 않게 안정적으로 운전해 병원 응급실에 도착했다. 의사들이 시경을 환자 이송 침대에 옮겨서 응급실로 들어가자, 현주는 병원 직원에게 같이 온 간호사도 임신 상태로 사고를 당했다고 말해주었다. 현주는 직원이 몰고 온 휠체어를 타고 안으로 들어가는 간호사에게 소리쳤다.

"잘 살아요!"

하지만 간호사는 갑자기 긴장이 풀려 기절한 상태가 되어 현주의 말을 듣지 못한 채 안으로 들어갔다. 현주도 힘이 풀린 채 응급실 입구로 터덕터덕 걸어 나왔다. 병원 경비가 입구에 주차한 현주의 차 때문에 차가 막혀서 난리가 났다고 화를 냈다. 현주는 연신 죄송하다고 하고 급히 차를 타고 떠났다.

—— **29** ——

장례식장에 문상객은 거의 없었다. 제단 위에 환한 미소의 승희 영정 사진만 조명 불빛을 받고 있었다. 승희를 아는 몇몇의 이웃 주민만 자리를 채웠다.

현주와 민지는 휴게실의 TV를 나란히 앉아 바라보았다. TV에서는 불법 수입 동물과 동물용 마약성 의약품의 불법 혐의자들이 검거되었다는 소식과 관련자의 교통사고 소식이 연이어 나왔다. 관련자는 치료 중이고 차후에 수사한다는 내용이었다. 현주가 민지에게 조용하게 물었다.

"외국에 가는 거 어때? 유학?"

—— **30** ——

공항의 출국 탑승구 앞에서 민지는 탑승 시작을 알리는 방송을 듣고 전광판의 깜박이는 불빛을 확인했다. 민지는 옆에 있는 현주를 바라봤다. 현주는 평소에 안 쓰던 검은 선글라스를 쓰고 있었다.

"나 들어가요."
"어… 그래."

민지가 현주를 정면으로 응시했다.

"왜?"
"아줌마? 나 돌아오면 엄마 찾을 수 있는 거예요?"
"어… 그럴 거야. 꼭…."

민지는 현주를 꽉 끌어안았다가 뒤도 안 돌아보고 탑승구로 뛰어갔다.

현주는 공항 직원이 민지의 티켓을 확인하고 민지가 탑승구 안으로 들어가 보이지 않게 된 이후에 선글라스를 벗었다.

— 31 —

바깥 풍경이 아름답게 내다보이는 재벌 회장님이 쓰는 것 같은 널찍한 방에서, 노트북 화면으로 밀수 수입 동물과 의약품의 불법 혐의자들의 검거 기사를 보고 있던 수미는 벌컥 문이 열리고 현주가 들어오자 놀라지 않을 수 없었다.

"아니 여긴 어떻게 알고…. 기억이… 돌아온 거야?"

"뉴스 봤겠지만, 더 이상 내가 할 게 없어."

"전화도 있는데 그 말 하려고 여기까지 왔니?"

"내가 얼추 기억이 나기 시작하니까 참 이상하더라고. 니가 왜 굳이 기억 상실증에 걸린 나한테 남편을 찾으라고 했을까? 돈을 찾는다는 명분으로 말이야. 전에도 말한 것 같은데… 돈 주고 사람 쓰면 더 빠를 텐데 말야."

현주가 수미에게 천천히 다가왔다. 수미가 저절로 움추려들었다.

"무슨 말을 하고 싶은 거야?"

"나는 처음에 니가 내 남편을 찾으라고 찾아왔을 때, 기억도 못 찾고 힘들어하는 나한테 더 스트레스를 받게 해서 내가 더 힘들어하는 것을 보고 즐기는 사이코패스인 줄 알았어."

"야! 사람이 참… 격 떨어지게… 수준이 왜 그러니 너!"

현주가 USB 메모리를 꺼내서 수미의 노트북에 연결했다.

"사고가 있던 날, 우리 부부가 아니 시경이와 내가 핸들을 다투다가 사고가 난 줄 알았어."

수미의 노트북에는 수미가 몰래 현주네 집에서 차 타이

어에 구멍을 내는 장면이 재생됐다. 전에 수미가 현주를 집에 데려갔던 때에 현주가 발견한 감시 카메라 영상이었다.

"원래부터 사고는 나게 될 상황이었어. 너 때문에!"

현주는 아무 말도 못 한 채 부르르 떠는 수미의 얼굴에 주먹을 날렸다.

수미의 운전기사가 호출되어 수미의 방으로 들어가 보니, 수미는 방금 맞은 자리가 부어올라 눈 주위가 퍼렇게 멍이 들어 있었다. 수미가 힘들게 기사에게 말했다.

"차키 내주세요."

현주는 기사에게 손바닥을 내밀었고 당황한 기사가 엉겁결에 현주에게 차키를 주었다. 현주는 방에서 나가기 전에 USB 메모리를 흔들며 말했다.

"차 양도 서류는 기사님 통해서 나한테 보네! 알았지?"

수미는 분하지만 참을 수밖에 없었다. 현주는 수미의 벤츠를 몰고 나갔다.

32

다인실 병실에 누워있던 여고생이 병실 문을 열고 들어오는 중년 여자에게 편지를 들어 보였다.

"엄마! 누가 이걸 놓고 갔어!"

중년 여자가 편지를 뜯어보았다.

저는 뺑소니 범인 중에 한 사람입니다.

사고를 일으킨 것은 저희 부부입니다.

지금은 헤어진 상태입니다. 먼저 사고를 낸 것에 대해

너무나 죄송하고 부끄러워 사죄드립니다.

믿으실지 모르시겠지만, 저도 그때 사고로 기억 상실증에

걸렸다가 얼마 전에야 기억을 찾기 시작했습니다….

중년 여자가 편지를 읽어 내려가는데 여고생이 옆에 둔 케이크 상자를 열어보니 돈 봉투가 들어있었다.

구청에서 업무 중인 희준이는 전화벨이 울리자 핸드폰을 들었다. 현주였다.

"정문 앞으로 나와."

희준이 구청 정문으로 가니 현주가 수미의 벤츠에 기대어 서 있었다. 희준은 차를 보고 놀라서 말했다.

"이거 웬 거예요? 아! 대리 손님이 여기로 온 거예요?"
"아니 네 거. 내가 제대 선물 아니 소집해제 선물로 줄게."
"정말요? 우와!"

희준은 좋아서 차 문을 열어 운전석을 여기저기를 살펴보며 좋아하다가 불현듯 멈추고 차 문을 닫았다.

"아줌마, 고맙긴 한데요. 저 안 받을게요."
"아니 왜?"
"저 대리 운전도 끊었고요. 소집해제하면 제가 스스로 벌어서 이런 차 살 겁니다. 아마 10년, 15년 뒤에… 어쩜 30년 뒤에도 못 살지도 모르지만… 제가 살게요."

현주는 희준을 말없이 바라보다가 주머니에서 명함을 꺼내 희준에게 건넸다.

"나 명함 만들었다."

희준이 명함을 내려다보니 '대리기사 김여사'라고 쓰여있
었다.

"종종 지나가다 올게. 나 대리 뛰러 간다."
"운전 조심하세요. 방어 운전!"

응원의 주먹을 쥐어 보이는 희준에게 현주는 손을 한번
흔들며 차를 획 돌려 멀어져 갔다.

요즘 학생들은 졸업한 후에 학교 친구들과 얼마나 친한 친구로 지내는지 모르겠다.

초등학교든 대학교든, 졸업 후에도 수년간 계속해서 친구 관계를 유지하는 것이 일반적일 것이다. 그러나 현대 사회에서는 온라인 커뮤니티 안에서의 관계도 무시할 수 없이 복잡해지고 있어서 학창 시절의 의미와 질적인 친밀감이 크게 변하고 있다는 생각이 든다. 굳이 학생 시절 친구들 이야기를 꺼낸 것은, 이번 작업을 마무리하면서 마치 졸업 후 오랜만에 그때 그 친구들을 다시 만난 느낌이 들었기 때문이다.

현재는 연락이 닿지 않지만, 학창 시절에는 공부나 성적과는 상관없이 특이한 친구들이 있었다. 요즘으로 치면 덕후 기질이 농후한 놈들로, 별 이상한 것들을 집요하게 수집하는 능력이나 엄청난 집중력으로 칠판과 교실 전체를 영국의 낙서 작가 뱅크시보다 더 강렬하게 만드는 솜씨를 보여주던 친구의 그런 능력들은 단순히 천재성이 느껴진다는 생각보다는 '멋있다'라고 표현되는 청량감이 먼저였다.

몇 년 전에 시나리오로 작업했던 소재를 이번에 다시 꺼내어 들여다보니, 처음에 느꼈던 청량감보다는 이제는 학교에서 했었던 엉뚱한 짓은 다 잊어버리고 어디선가 사회 구석구석에서 일하고 있을, 나이 들어가는 덕후 친구 같은 느낌이었다. 작업하면서 처음의 신선함은 당연히 떨어졌지만, 그래도 여기저기 부품을 갈고 청소를 하면서 닦아보니 여전히 작동하는 기계처럼 느껴진다.

사실, 이 소재는 현재도 매일 일어나는 일이고, 기억력과 운전 능력이 남녀를 차별해서 발생하는 것도 아니다. 누구든지 아무리 무사고 몇십 년의 운전 실력을 갖추고 있더라도, 만약 운전 중에 갑자기 반대차선에서 자신의 차로 날아오는 타이어를 발견했을 때 0.1초 만에 어떻게 할지를 판단하는 것은 매우 어렵다. 이러한 큰 사고뿐만 아니라 단순 추돌이나 접촉 사고도 매우 흔하다. 그로 인한 문제는 단순히 카센터에서 수리 견적이 나오는 선에서 끝나는 것이 아닌, 어떤 가정은 풍비박산이 나거나 한 개인의 인생 자체가 무너질 수도 있다. 이와 비슷하게 사람의 기억력도 마찬가지인 것 같다. 어느 날 갑자기 기억력에 문제가 생기거나 치매 증세가 나타나면 본인과 가족들 모두 힘든 시기를 가질 수밖에 없다.

작품을 개작하면서 운전 능력을 스스로 평가하자니, 아직도 서툴고 기본적인 신호에 맞게 정속 주행이나 정지와 출발도 잘하지 못하는 것 같아 자괴감에 땀이 났다. 그러나

연습이 되든 완주가 되든 일단 재포장의 매듭을 묶었다. 어떤 기회가 있을 때 또다시 매듭을 풀고 손질해야 할지도 모르겠지만, 일단 현재는 팔다리의 근육질 향상보다는 오래 보존될 정도의 호흡운동에 열중했다. 이 작품이 어떤 길을 가게 될지는 알 수가 없지만, 오랜만에 다시 본 친구처럼 반갑기도 하고 아픈 기억도 생각나며 세월이 지나가고 있음을 다시 한번 느꼈다. 원고를 마감할 즈음 갑자기 찾아온 봄이 벌써 여름처럼 느껴지는 날씨라 이만 산책이나 하러 나가야겠다.

작가 소개

1999년부터 다큐멘터리 영화 제작부를 시작하여, 삼성 SADI(삼성디자인교육원)에서 영상 편집, MBC TV 다큐멘터리 제작부 촬영팀, 상업 프로덕션 홍보 영상 연출, 서울 공연예술 고등학교 영화과 연출 교사 등을 전전하다가 2016년 제17회 인디 다큐페스티발 국내 신작전 <인터뷰>를 공동 연출하고 2018년 중국 아이치이(iqiyi, 爱奇艺) 웹영화 <여의주방>을 각본 및 각색했다.

현재는 크고 작은 영상 편집과 촬영을 하면서 유튜브의 세계를 돌아다니고 있다.

에필로그

　주인이 대구 사투리를 쓰는 한 전주식당이 있다. 가끔 그
곳에서 이른 아점(아침 겸 점심)을 먹은 뒤, 도대체 언제가 진
짜 마지막인지 알 수가 없는 '오늘이 마지막 빅 세일! 라스트
찬스'라고 적혀 있는 옷가게를 지나치면, 마치 필자에게 욕을
걸어오는 듯한 꼬리조팝나무, 좀작살나무 등으로 이뤄진 산
책길이 늘어선 폐철선 부지가 나온다.

　철길을 따라 한참 걷다가 왜 10년째 '46년 시계 수리의 장
인'이라고 적혀 있는 건지 여전히 알 수 없는 광고판을 지나
면 수색교 쪽으로 DMC첨단산업센터라는 건물이 나온다.

　건물 이름만 들어서는 마치 홍채 인식이나 지문 인식을
해야만 출입할 수 있을 것 같지만 그 이름이 무색하게 첨단과
는 거리가 멀어도 한참 먼 것 같은 사람들을 만날 수 있다. 주
로 그들이 출몰하는 곳은 건물 B동 1층 (시나리오) 작가존, C

동 2층 감독존과 1층 흡연구역, A동 프로듀서존과 B동을 이어주는 8층 흡연구역이다. 그들의 존재 때문에 과거 남양주 종합촬영소 5번 세트장 화장실의 비데 귀신처럼 영화판에서 전설처럼 전해지는 '여고괴담' 같은 '상암동괴담'이 생겨났다.

밤이 되면 복도 코너를 돌 때마다 점프 스케어(Jump Scare, 영화나 게임 등에서 어떤 사물이나 인물 등이 불쑥 튀어나와 관객들을 깜짝 놀라게 하는 연출 기법)를 남발하는 호러 영화처럼 갑툭튀(갑자기 툭 튀어나오다) 하면서 "내가 아직도 감독으로 보이니?"라고 말할 것 같은 연식이 꽤 되어 보이는 영화인들이 있다.

지금은 가격이 인상되어 한 끼에 5천 원씩 하는 가성비 좋은 학식을 제공하는 8층 구내식당에서 점심을 때린 후 B동과 A동 건물을 이어주는 구름다리 흡연구역에서 어린 시절에 봤던 병충해 방지를 위해 연막 소독기를 뒤꽁무니에 달고 동네방네 흰 연기를 뿌리고 다니는 방역소독차(일명 방구차)처럼 담배 연기를 뿜어대면서 식후 땡을 하는 무리가 있다.

이 중에는 <영구와 땡칠이>, <창밖엔 잠수교가 보인다>와 같은 작품으로 영화를 시작했던 충무로 올드보이들과 기생과 중의 이뤄질 수 없는 사랑을 다룬 가슴 아픈 러브스토리 <기생, 중>이나 <주꾸미 게임>, <산낙지 게임> 같은 시나리오를 작업 중인 감독과 작가들이 있다.

항상 술이 들(덜) 깨어 있다고 '충무로 들개'로 통하는 그들은 오뎅 국물에 머리를 감는 기행을 연출하기도 하면서

8층까지만 존재하는 DMC첨단산업센터 9층에서 귀신을 봤다고 증언하거나 신림동 고시촌에서 고시 공부를 오래 하다가 정신이 이상해졌다고 알려진, 항상 병따개를 들고 다니던 서울대 따개 형님 같은 모습으로 오늘도 대박 스토리를 만들어내기 위해 고군분투하고 있다(간혹 근처 영상자료원의 고전영화 상영회에서 좀비 같은 모습으로 마주치기도 한다).

　이런 식으로 말하면 너무 꿀꿀하고 암울한 것 같으니 좀 더 밝은 분위기로 전환해보자면, 작가존에는 마치 무료 급식소에 벤츠 타고 와서 공짜 도시락을 받아가는 사례처럼 저렴하게 월 관리비만 내면 거의 무상으로 각종 혜택이 주어지는 창작공간 지원을 안 받아도 될 것 같은 위치에 있는, 100만 부 이상 책이 팔려 억대 작가가 된 (기획과 시나리오 작가 출신의) 소설가도 있다.

　한때 한국영화 르네상스 시절을 온몸으로 통과하며 리즈 시절을 경험해봤지만 지금은 바닥을 치다 못해 지구의 맨틀을 뚫고 지구 외핵, 내핵으로까지 추락한 것 같은 영화인들과 그러한 영광의 시절은 없었지만 대박의 꿈을 품고 영상 콘텐츠를 개발 중인 신진 창작자들, 냉장고에 낀 성에나 참이슬 후레시처럼 맑고 투명해서 이슬만 먹고살 것 같은 서울영상위원회 직원들, 밀리언셀러 대박 작가가 공존하는 그 기묘한 공간에서 이번 《언저리 프로젝트 Vol.02》에 합류할 창작자들을 물색하기 시작했다.

　낮과 밤이 전혀 다른 분위기를 연출하는 경계에 서 있

는 공간(학교, 병원, 버스정류장, 교각) 등에서만 자신의 존재를 드러내는 귀신과 유령 같은 존재들은 항상 언저리 어딘가를 배회하며 출몰하고 있다. DMC첨단산업센터는 그 옛날 벤처 열풍이 일던 시절 강남 뱅뱅사거리의 벤처빌딩 안에 입주한 영화사들의 축소판처럼 보이기도 한다. 주말과 공휴일에도 항상 불이 켜져 있는 공간은 A동 8층 프로듀서존, B동 1층 작가존, 그리고 C동 2층의 감독존이다.

가끔 새벽에 지하 1층 샤워실에서 오뎅으로 머리를 감던 영화인이 경계가 없는 장소에서 출몰하는 일본 요괴 갓파처럼 가운데 머리가 없는 상태로 샤워를 하고 나오기도 하는 그곳에서 ≪언저리 프로젝트 Vol.02≫의 콘셉트를 '무경계'로 잡고, 한 가지 장르에만 국한되지 않는 다양한 색깔의 언저리 창작자들과 이번 두 번째 프로젝트의 홍일점이자 월차나 연차라는 말을 쓸 수 있는 유일한 존재인 시설관리공단 소속의 작가까지 섭외하게 됐다.

각양각색의 작가를 모아놓고 보니 쫀드기를 씹어 먹던 초딩 시절이 떠올랐다.

어린 시절에 나를 사로잡았던 두 가지 서사가 있었는데 감옥에 복역 중인 병사들로 구성된 특공대가 사면을 조건으로 독일군 내에 잠입해 작전을 펼치는 로버트 알드리치 감독의 유명한 전쟁 액션영화 <더티 더즌>과 사회적 약자와 루저로 이뤄진 선수들이 외인구단을 만들어 파란을 일으킨다는 <공포의 외인구단>이 그것이다.

어느덧 꼰대 취급을 받는 나이가 된 지금도 루저들이 우주를 구한다는 <가디언즈 오브 갤럭시> 같은 영화에 흥분하면서 이런 서사가 현실에서도 통할 수 있을까 고민하며 여러 가지 시도를 해봤지만 항상 실패를 맛봤다.

무언가 새로운 것을 뒤늦게 시작할 때마다 "그거 (돈이) 되겠어?"라는 말을 들어가며 돈이 되고 섹시한 것만이 의미를 갖는 세상에서 이해를 구하기가 쉽지 않았다. 그렇게 항상 실패만 하는 실험을 통해서 얻은 건 영상산업이든, 출판이든 시장에 내놓을 콘텐츠 창작 개발 작업은 '단체전'이라는 깨달음과 '목표를 실패로 잡으면 어차피 매번 실패하는 인생, 이번에도 또 실패하면 성공이고(!) 실패를 해도 성공이다(?!)'라는 역설이었다.

내가 나를 증명하기가 쉽지 않은 시대에 창작자로서 돈도 운도 없다면 100가지 중에 두어 가지가 없을 뿐이라는 믿음으로 오늘도 열심히 창작욕을 불태우는 스토리 창작자들을 규합해 ≪언저리 프로젝트 Vol.02≫의 결과물이 나왔다. 여러분 모두 즐감(즐겁게 감상)해 주시길 바란다. m(¨)m꾸벅!

-편의점 도시락만 먹는 준이 'MC편도준',
또는 '1분에14타' 쏨.

언저리 프로젝트 Vol.02 무경계

초판 1쇄 인쇄일 2023년 8월 8일
초판 1쇄 발행일 2023년 8월 15일

지은이 한기중, 손정우, 이아영, 민병우, 김형준

발행인 윤호권
사업총괄 정유한

기획 김철웅 **디자인** 박정원 **마케팅** 윤주환
발행처 ㈜시공사 **주소** 서울시 성동구 상원1길 22, 6-8층(우편번호 04779)
대표전화 02 - 3486 - 6877 **팩스**(주문) 02 - 585 - 1755
홈페이지 www.sigongsa.com / www.sigongjunior.com

글 ⓒ 한기중, 손정우, 이아영, 민병우, 김형준 2023
본문 그림 ⓒ 김홍식 2023 art.kimhongsik@gmail.com / 인스타그램: kimhongsik_art

ISBN 979-11-7125-012-7 03810

*시공사는 시공간을 넘는 무한한 콘텐츠 세상을 만듭니다.
*시공사는 더 나은 내일을 함께 만들 여러분의 소중한 의견을 기다립니다.
*잘못 만들어진 책은 구입하신 곳에서 바꾸어 드립니다.

WEPUB 원스톱 출판 투고 플랫폼 '위펍' _wepub.kr
위펍은 다양한 콘텐츠 발굴과 확장의 기회를 높여주는
시공사의 출판IP 투고·매칭 플랫폼입니다.